水调歌头

——运河女儿词赋集

李子君 ○ 著

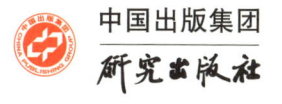

中国出版集团
研究出版社

图书在版编目(CIP)数据

水调歌头：运河女儿词赋集/李子君著. -- 北京：研究出版社，2023.1
ISBN 978-7-5199-1377-9

Ⅰ.①水… Ⅱ.①李… Ⅲ.①诗词-作品集-中国-当代 ②赋-作品集-中国-当代 Ⅳ.①I227②I217.2

中国版本图书馆CIP数据核字(2022)第207068号

出 品 人：赵卜慧
出版统筹：张高里 丁 波
责任编辑：范存刚

水调歌头——运河女儿词赋集

SHUIDIAOGETOU YUNHE NVER CIFUJI

李子君 著

研究出版社 出版发行

（100006 北京市东城区灯市口大街100号华腾商务楼）
北京云浩印刷有限责任公司 新华书店经销
2023年1月第1版 2023年1月第1次印刷
开本：880毫米×1230毫米 1/32 印张：13.125
字数：286千字
ISBN 978-7-5199-1377-9 定价：68.00元
电话（010）64217619 64217612（发行部）

版权所有·侵权必究
凡购买本社图书，如有印制质量问题，我社负责调换。

献给父母亲!

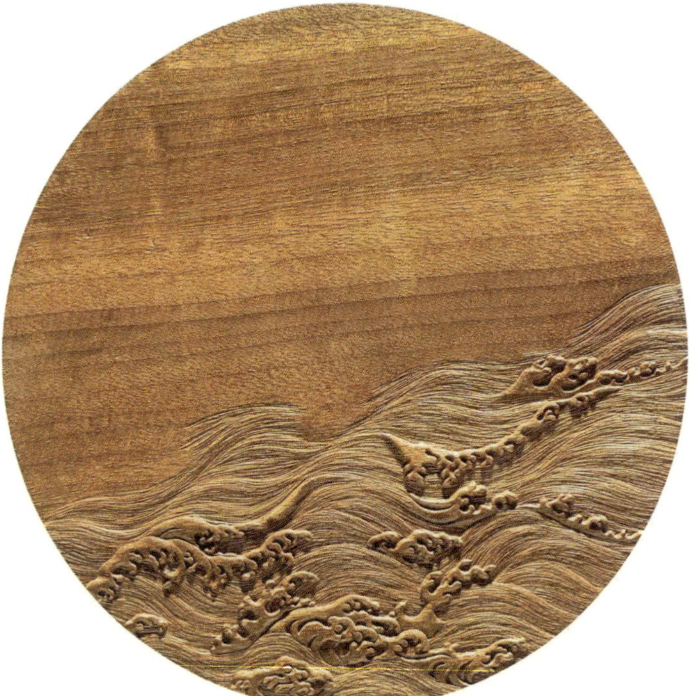

养心

郑华星题

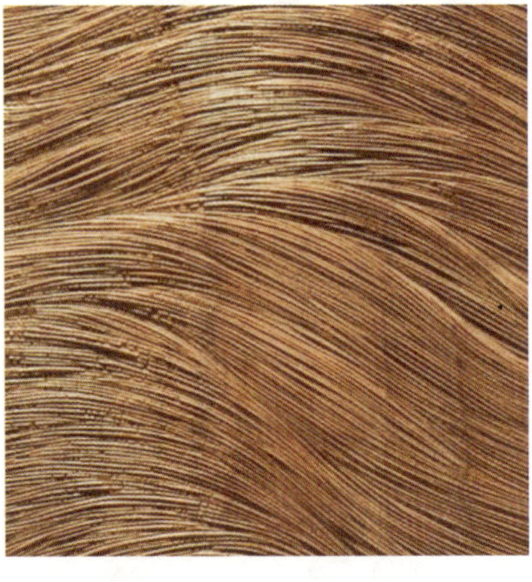

序一

子君《水调歌头——运河女儿词赋集》序

文/杨朝明

一百多年前，辜鸿铭先生出版了他的《中国人的精神》，他认为在中国人身上有一种难以形容的东西，这就是温良，一种源于同情心或真正的人类智慧的温良。例如语言，在他看来，这也是一种心灵的东西，生活在中国的外国人，其儿童和未受教育者学习中文要容易得多，原因在于他们是用心灵来思考和使用语言。

孔子施教"先以《诗》"，其原因正在于此。孔夫子之教同样是从心灵入手的。古人的教育，在识字、认字之后就教"诗"，即属于心灵的教育。有人形容汉字之美，说它形美如画，音美如歌，义美如诗。心中有美，才能见其美；心中有美，方能成其美。大概诗人们也都心美手巧，所以才会把别人发现不了的美写出来，供世人品味、享用。

一个孩子到了懂事的年龄，就要从他的天然情感入手，让他去懂得情与理的关系，让孩子保持那份纯粹与天然。

辜鸿铭先生认为，中国人最美妙的特质，是作为一个有悠久历史的民族，既有成年人的智慧，又能过着孩子般的生活，这是一种心灵的生活。有一句歌词很美："我吹过你吹过的风，这算不算相拥？我走过你走过的路，这算不算相逢？"朦胧的遐想像喝了点儿酒，一日，我自广西归返，正午时分，飞机飞到云端，我与白云擦肩。眺望窗外，云朵俯仰，层层叠叠。此时，远处云层中仿佛有另一架飞机掠过。飞行之间，又见碧空如洗。天宫在何处，是否藏在云间？真欲邀仙人同饮，痛快享受一次云醉。

中国人的温良品格自古有之。一次，孔子的弟子之间对话，子禽问：咱们的老师每到一个邦国，就知道了那里的教化，他是怎么了解的呢？子贡答："夫子温、良、恭、俭、让以得之。"意思是说孔子从老百姓的精神面貌就能看到他们是怎样进行教化的。《孔子家语》《大戴礼记》都记载了孔子的话："入其国，其教可知也。其为人也，温柔敦厚，诗教也；疏通知远，书教也；广博易良，乐教也；洁静精微，易教也；恭俭庄敬，礼教也；属辞比事，春秋教也。"原来，是中国几千年来的诗、书、礼、乐之教成就了中华民族的温良品格。

诗词歌赋的创作，其质量之高低，决定于多种因素，尤其决定于创作者本人，比如胸襟、抱负、器识、品性、才情、学养、功力、选材等因素，有生命力的诗作一定源于某种情感的快乐而止于一种智慧。例如，《诗经》作为儒家的重要经典，经过孔子的选编，承载了"思无邪"的大智慧。《诗经》源于生产与生活，具有多个方面的功能："可以兴，可以观，可以群，可以怨。迩之事父，远之事君，多识于鸟兽草木之名。"读《诗经》，时常会感受到一种特有的美，内心受到触动，感受到它的纯粹与美好。对于真、善、美的追求，经历再多时间都不会改变，正因如此，《诗经》中的篇章被历代传承与发扬。

收到李子君女士的《水调歌头——运河女儿词赋集》，翻看之后，感到她就是一位优秀的诗赋文化挚爱者、弘扬者。不少人都读过子君的作品，却不一定知道她的作品数量竟如此之多。读着读着，就会被带入作品的意境中。喜爱诗歌的人，不一定能写；能写的人，不一定能写好；能写好却又有那么多的好诗作，就更难能可贵了。子君能做到这一点，一定是她孜孜不倦地用心灵去求索的结果。

子君生活、成长在孔孟故里，她是运河沿岸这片土壤开出的绚烂花朵。读她的书稿，就好像有一位"温柔敦厚"的女性款款走来，她的温良感染着、影响着许多人。子君是"运河女儿"，她说她长在运河边，是喝着运河的水长大的。运河水所代表的是孕育、是滋养、是承载、是诉说，是祖祖辈辈在运河边洒下的汗水，是父辈在时代发展中参与的建设。可以说，子君的每一篇作品都包含了从先人们开始的述说，开始于先人们在这片土壤上撒下的一粒粒种子。

子君出生于武术世家，她本人可说是能文能武。她称自己有一种"小女子大丈夫"的观念，这种思想源自儒家文化、运河文化、忠义文化的汇集或滋养。子君饱学泛览，读书不辍，不断吸收各方面的思想营养。儒家追求"大道之行也，天下为公"，道家"以百姓心为心"，墨家"举公义，辟私怨"，法家倡言"无私"，许多仁人志士都有"天下兴亡，匹夫有责"思想，所有这些思想，在子君的文章中都能看到影子。作为一名具有侠义思想的女性，她推崇那位鉴湖女侠的凛然气概，她的朋友多半都曾听过她念诵秋瑾的句子："猛回头，祖国鼾眠如故。外侮侵陵，内容腐败，没个英雄作主。"

更为难得的是，子君《水调歌头——运河女儿词赋集》并不单单写运河风物和故事。长期的海外工作经历，使她格局延展、视野开阔，她接触了各种文化背景的自然景观和人文情感，因而本作品内容丰富、思想深邃、表达自然。通过现实生活，她不断思索历史，在时间和空间的维度上自由切换、游刃有余。读她的词赋，我们就会想到：她会穿越时空，在夜深人静时与古代诗人对话，相互酬唱。这也许是她在现实生活中难觅知音的一种纾解。在这个过程中，子君不像寻常人一样只是去夜读、去创作，而是去凝思，把自己放在与诗人对话的环境中、语境里，去理解他们，或矛盾、挣扎，或闲适、愉悦。在把握诗词意境上，她一直没有脱离原路，走得认真而执着。

受忠义思想的影响，她本人任侠使义，时常对古代女子的遭遇深表同情，对她们的才气感怀叹息，以至于感同身受。比如看到《诗经》中许穆夫人救国心切，她也恨不得调动千军万马，随她救卫。比如看到李清照的跌宕人生，她在深夜、在梦里与之交流、唱和，想她之所想，悲她之所悲：想象其美好，倚门回首嗅青梅；想象其凄凉，帘卷西风瘦黄花；想象其无奈，一个愁字了不得；想象其冲天豪气，生当作人杰，死亦为鬼雄。子君也许会备两杯美酒，静默中与诗人相对，是呀，还不如醉了好。子君喜爱李清照，由于她的词，由于爱之深，许多人常说子君就是"当代李清照"。

当然，李子君始终还是李子君自己，子君有属于她自己的鲜明特点。她介绍说，自己有时会在大寒之夜，听着呼号的寒风，为贺双卿的命运悲叹流泪，她悲叹这样一个古代才女被生活折磨至死，连留下诗作的机会都没有！这又是她作为一名女子发自内心的呐喊。她还热爱苏东坡，在她看来，苏东坡遭遇的所有顺境、逆境，他都用诗词来表达。他援笔即成，气象万千，却能心境平和，人格高尚，境界超脱。诗词的意象折射的是苏轼的生活，是苏轼的内心，是苏轼本人。子君又何尝不是这样呢？经由她自己挚爱的诗词，以一篇篇作品为媒，表达真实思想，记录真实生活，抒发真实情感，彰显真实的爱与敬！

更出乎人意料的是，瘦小单薄的子君竟还创作了大量酣畅淋漓的赋文。子君对家乡的爱，也通过她的赋作流淌出来，这些读来欲罢不能的文字，仅仅写济宁的就有十数篇，比如《济宁赋》《尼山赋》《运河赋》《太白楼赋》等。无论写词还是作赋，她无不一气呵成，这正是她真情实感的流露。她年龄不大，却拥有丰富多彩的人生。她用手中的笔抒发、用脚下的步丈量，她走遍了家乡的每一个角落，参加了很多社会公益事业，还多次操持尼山文明论坛的"女性论坛"。很多人可能想不到，她经年累月地执着守护孔子母亲的祠堂"颜母祠"，深入钻研孔子母亲的事迹，公益宣讲孔母精神，令人感佩不已。事实上，她对身边的人事物、对自己的家乡、对这个世界都充满爱意，所到之处，皆有诗作。爱，便是她写好诗赋的根本。

寒塘沉清照，顾影见红妆。子君是一位孤独的当代词人，她不仅是古代诗人的知音人，也是才华超拔而具有文化情怀的人。关山万里作雄行，无论诗词还是赋文，都已融入了她的生命中，成为她内心永不干涸的运河水。读她的词赋，这运河水似乎也在我们心中静静流淌。

序二

文/张银俊

子君约我就其诗集作序，我颇觉为难。一来我非诗词行家，为诗家作序难免会贻笑大方；二来我与孔子故乡生疏得很，而子君之诗作与词作多与其故乡血脉交融。转念又想，子君本次出书乃由我基金会襄助，而善款则来自我多年好友郑郁葱大姐，于是我又颇觉有话要说，似有不吐不快之意。

我与子君结缘于孔母与尼山母爱书院。是时也，许公嘉璐先生领导尼山世界文明论坛，约我一起参与创办尼山世界女性论坛，我得缘走近孔子故乡。那一年夏季，我与子君几姐妹到尼山寻访孔子生母颜徵在的遗迹，这次是我与子君第一次谋面。因天气炎热，我们黎明即起，三五姐妹结伴，寻着尼山山野中淌满月光的村舍与农田，在高高的玉米地后面找到了祭祀孔母（古称颜母）的庙宇"颜母祠"，当地百姓则叫"娘娘庙"。面对这等破败而无人问津的景象，我等几人均潸然泪下，子君则升起了终生守护颜母祠的愿望。自那以后，子君每月俱来颜母祠数次。如此坚持，子君给我留下了愈发深刻的印象。后来我们一起创办尼山母爱书院，子君则成为最坚定的信仰者。

子君平日里少言寡语，一旦面对纸笔则文思泉涌，日积月累下来，便积存下不少诗词佳作。一次郑大姐由广东来尼山出席母爱教育专项活动，谈及子君的诗作与才名，大家均有激赏之心。大家共同商量资助子君出一本诗集，以鼓励青年女诗人不断进步。子君祖居嘉祥，幼随父习武，少言语，多敏思，尤其诗才天成。子君日常仰慕鲁地才女李清照，又与鉴湖女侠秋瑾心气相通，故每每自比以激励自己。子君出身武术世家，却独有文慧，着实令人称奇。在尼山母爱书院，子君是少有的文武兼备之士。

《尚书·尧典》曰"诗言志"。一本诗集，可照鉴子君之心胸气度与精神气象。由是作序，为我时代女性喝彩。

红　妆
郑庆军

英雄自古鲜巾帼,
易安又再细琢磨,
斯文桑梓祥瑞地,
捻痛须眉任评说!

少小弓马翰书墨,
情寄旧纸独品酌,
窗外景逸几春秋,
风骨依稀妆颜色。

四海八荒望眼阔,
尼山巍巍觅裙罗,
母爱拳拳守本初,
谁言石坚滴水弱。

风起云帆绕城郭,
洙泗文雅贯江河,
水土一方女儿情,
鉴湖肝胆映冰雪。

宋 刘宗古 瑶台步月图 故宫博物院藏

目录

第一篇　词话：运河飞花

鹧鸪天·兹心 002

更漏子·运河女儿 003

浪淘沙·运河闲步 004

浪淘沙·黄河 005

思远人九首 007

西江月 014

凤栖梧 016

浪淘沙 017

远山横 018

水调歌头·两岸 019

水调歌头·运河往事 020

陌上花·尼山远眺 022

声声慢 023

桃源忆故人·女子 024

荆州亭·梦周公 025

阮郎归·少年	026
踏莎行·夜	027
水仙子·雨夜	028
阮郎归·梨花	029
临江仙·致梨花	030
误佳期·平常	030
诉衷情·别树山梨花	031
西江月·祭扫颜母祠	032
西江月·致孔子母亲	034
诉衷情·立冬谒孔子母亲	035
风入松·祭孔子母亲	036
虞美人·颜母祠小草	037
诉衷情	038
鹧鸪天·孔子母亲像	039
浪淘沙·谒孔子母亲	040
摸鱼儿·孟母	041
鹧鸪天·故乡	043
谒冼夫人庙	044
满江红·谒冼夫人	044
冼夫人	045
重立冼夫人墓碑	045

子夜歌 · 致友人	047
解佩令 · 孙中山	048
行香子 · 沉香	049
鹧鸪天 · 沉香	049
清平乐 · 悼	051
浣溪沙 · 夏日黄昏	052
浪淘沙 · 夏至	053
酹江月 · 范蠡	054
致严君平	055
满江红 · 清明祭岳飞　兼致岳母	056
洞仙歌	057
念奴娇 · 东平怀古	058
武陵春 · 东平湖	059
念奴娇 · 戚继光	060
误佳期 · 运河岸赠别友人	061
水调歌头 · 中秋	062
渔家傲 · 秋深	064
鹧鸪天 · 再至微山	065
永遇乐 · 梦燕子楼　兼和苏轼	066
缘　兼和释正觉	068
桃源忆故人 · 告易安	068

减字木兰花·饮 069

临江仙·女子 070

临江仙·知己 071

临江仙·回眸 072

临江仙·罗扇　兼和班婕妤团扇诗 073

团扇诗 074

九张机 075

卜算子·咏梅 079

鹧鸪天·玉堂酱菜 081

钗头凤·红尘羁客 082

钗头凤·忆沈园 083

定风波·雪 085

粉蝶儿·落花 086

风雨行 087

鹧鸪天·守护 089

鹧鸪天·元日 089

鹧鸪天·逢事有思 090

定风波·和杨朝明教授 091

定风波·和东坡 091

蝶恋花·上巳 093

孔府燕礼 094

满庭芳·一壶药香 ········· 096

临江仙·外滩之夜 ········· 097

忆江南·旧恨 ··········· 098

鹧鸪天·上海 ··········· 098

浪淘沙·秋深 ··········· 099

清平乐·英雄 ··········· 100

念奴娇·民国 ··········· 102

鹊桥仙·七夕（一）········· 104

鹊桥仙·七夕（二）········· 105

鹊桥仙 ·············· 106

如梦令·别后春秋（一）······ 107

如梦令·别后春秋（二）······ 107

如梦令 ·············· 108

临江仙 ·············· 109

油菜花 ·············· 110

向日葵 ·············· 111

浣溪沙 ·············· 111

兰 ················ 112

湿罗衣·落红 ··········· 113

涉江采芙蓉 ············ 114

射　箭 ·············· 116

挽弓五更转 117

雕　弓 119

诉衷情·真君 121

雾起灵山 122

雾灵星夜 123

瀑 123

湘妃怨·秋凉 124

湘妃怨·秋 125

眼儿媚·知音 126

眼儿媚·落花 127

忆江南（谢秋娘）......129

忆少年 131

玉蝴蝶·北湖秋 132

江神子·寒风忽至 134

长歌行 135

运河戴村坝 136

声声慢·龙山书院遗迹 139

寻龙山书院 140

卜算子·运河遣怀 140

无盐女 141

运河闲吟 143

运河魂	146
大运河南旺分水枢纽感怀	147
鹧鸪天	148
醉太平·雪夜	149
李白邀赴太白湖	150
残　荷	150
冬　荷	151
雪　荷	151
如梦令·残荷	152
清平乐·春	152
千秋岁·夏	153
人月圆·秋	154
渔家傲·冬	155
桃花行	156
北风行	158
和葬花吟	159
梨花吟	161
减字木兰花·即景	163
减字木兰花·鸟	164
天净沙	165
种　兰	165

夜　思	166
金　兰	167
点绛唇	168
阮郎归	169
江城子·乡情	170
点绛唇·静夜	171
如梦令·海棠依旧	172
如梦令·花事	173
如梦令·秋光	173
定风波	174
点绛唇·秋声	175
枫林炊烟	176
访曾庙	177
小重山·晴空	179
鹧鸪天·重逢	180
满江红·雨夜	181
渔家傲·澳门	182
浪淘沙·山东舰	183
鹧鸪天·忆峥嵘	184
误佳期·新春之忧	185
西江月·饮	186

临江仙·夜饮逢雪有感 ……………………………………… 187

诉衷情·瓷 …………………………………………………… 188

我侬词·雪人 ………………………………………………… 189

青玉案·笔记 ………………………………………………… 190

第二篇　唱和：运河回声

生查子·元夜 ………………………………………………… 194

生查子·新月曲如眉 ………………………………………… 194

相思令·春夜　兼和林逋 …………………………………… 195

相思令 ………………………………………………………… 195

蝶恋花·上巳　兼和石孝友 ………………………………… 197

蝶恋花 ………………………………………………………… 198

定风波·和东坡 ……………………………………………… 199

定风波 ………………………………………………………… 199

渔家傲·和易安 ……………………………………………… 201

渔家傲 ………………………………………………………… 202

临江仙·再和易安 …………………………………………… 203

临江仙·庭院深深 …………………………………………… 204

醉花阴·焰火　兼和易安 …………………………………… 205

醉花阴 ………………………………………………………… 206

金缕曲·和顾太清　兼寄红拂女 …………………………… 207

目录　9

金缕曲·红拂女 208

渔家傲·思谢道韫 209

渔家傲·和毛滂 210

渔家傲 211

玉楼春·再和毛滂 212

玉楼春·定空寺赏梅 213

鹧鸪天·和小山 214

鹧鸪天 215

江城子·雾　兼和东坡 216

江城子·孤山竹阁送述古 217

西江月·再和东坡 218

西江月·世事一场大梦 219

满江红·和文天祥 220

满江红·和王夫人满江红韵，以庶几后山《妾薄命》之意 221

忆秦娥·雨夜　兼和毛主席 222

忆秦娥·娄山关 223

菩萨蛮·和稼轩 224

菩萨蛮·平林漠漠烟如织 225

菩萨蛮·人间岁月堂堂去 225

卜算子·饮　兼和潘汉久先生 226

满江红·冬至　兼和秋瑾 227

满江红	228
南　行	230
代白头吟·和鲍照	231
代白头吟	232
永遇乐·和稼轩	233
误佳期·难寄	235
点绛唇·归来	236
忆江南·和崔颢	237
黄鹤楼·再和崔颢	238
黄鹤楼	239
如梦令·无眠	240
满江红·告庚子	241
沁园春·雪夜梦陆游	243
沁园春·孤鹤归飞	245
七哀·和曹植	246
七哀诗	247
贺新郎·和辛弃疾	248
贺新郎·甚矣吾衰矣	249
停　云	250
薄浮雕《清宫十二月令》图诗词系列	253

第三篇　诗赋：壮哉山河

问　菊	269
和唐代铜官窑瓷器题诗《君生我未生》　兼念柳如是	273
新离骚	277
河上人家　兼和何岱新先生	283
祭祀孔子母亲文	288
告子书	292
冼夫人授我以心力	294
壬寅年祭祀孔子母亲颜徵在祝文	297
水之力	300
运河赋	305
兰　赋	309
济宁赋	313
太白楼赋	319
秋夜赋	325
图书馆赋	328
王杰精神赋	333
牡丹赋	336
扫帚赋	339
后屯村赋	343
青县赋	347

古里小学赋 ……………………………………………… 350

别　赋 …………………………………………………… 353

儒学赋 …………………………………………………… 359

登山赋 …………………………………………………… 361

黄河颂 …………………………………………………… 364

尼山赋 …………………………………………………… 367

笨人赋 …………………………………………………… 371

作赋小记 ………………………………………………… 374

后　记 …………………………………………………… 376

附　文 …………………………………………………… 380

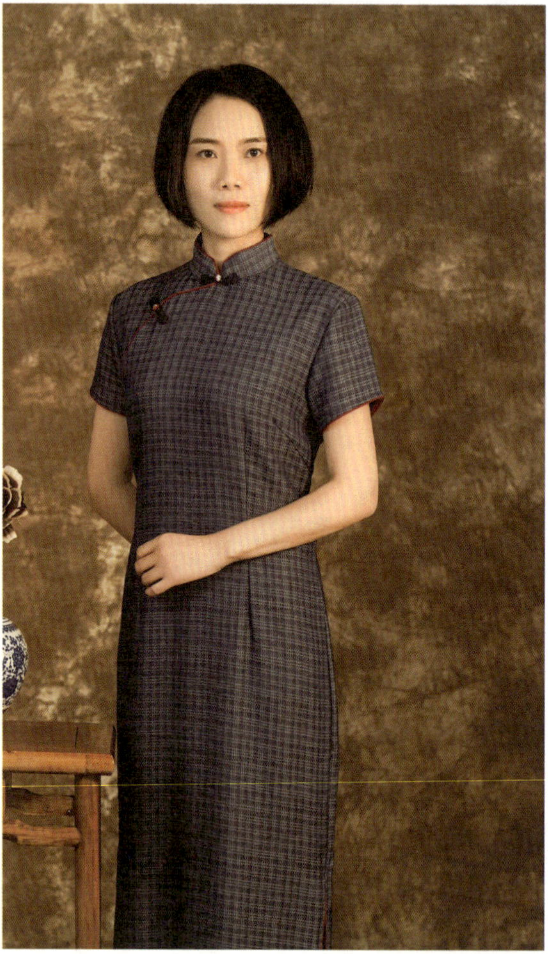

第一篇

词话：运河飞花

我是运河的女儿，运河水翻出的飞花，拍打着我的脚丫儿，撞击着我的思绪，充满力量又一路东流不可阻遏。诗词的飞花就在人生的天空中飞舞着，奏出美丽人生的乐章。

题记 我请友人为此书作序,他说"我只题两个字",我们同时脱口而出"兹心"。世间事,世间人,皆在于有心、用心、一心、好心,遂作小词。

鹧鸪天·兹心

野渡难留过路人,卧桥休寄飘蓬身。
无主柳絮随风去,一念兹心怕二分。

说往日,叹如今。功名余事是浮云。
不如看取东流水,最解人间假复真。

——壬寅夏于任城

金丝楠薄浮雕

趣记 自小,我就知道我是在运河边长大的姑娘,曾经用手捧着喝过那清泠泠的河水,亲耳听过那运河里"嗨哟、嗨哟"的号子声,亲眼见过妈妈那粗黑的大辫子在运河里一摆一摆的倒影。这样的童年记忆深深地印在我的心底。所以,这一日,我终是回来了,月是故乡明,我是运河的女儿啊!

更漏子·运河女儿

算生平,平淡否,只念运河烟柳。
人照水,水浇愁,相知在哪头?

见停云,甘俯首,果腹但凭乡酒。
先饮醉,再登楼,婵娟从此留[①]。

——庚子春夜于任城

[①] 山东济宁有太白楼,是纪念李白的地方,现在位于古运河岸边。每到夜晚月挂楼头的时候,人们总会想起李白举杯邀月的情景。

题记 夜已深,我在运河岸闲步,燕子应该北归了吧,先秦的诗句在脑中萦绕着:"心思不能言,肠中车轮转。"岁月流转,物是人非。不以物喜,不以己悲。

浪淘沙·运河闲步

小字寄谁人,

又是更深。

去年燕子怕离分。

大梦不知应到也,

依旧初心。

人事总更新,

最忆黄昏。

车轮[①]百转到如今。

望断天涯冬复春。

戒了痴嗔。

——庚子春夜于任城

---

① 古诗《悲歌》中有"心思不能言,肠中车轮转"句,言情绪复杂、无限惆怅的心情。这里化用其意。

趣记 壬寅环境日,在"美丽母亲河,幸福黄河滩"活动采风中,于梁山将军渡黄河岸边看到绿树成荫,飞鸟翔集,还有滩区老人家三三两两聚在柳树下闲谈,感受到一种宁静祥和,应赵峰先生嘱托有此作。

浪淘沙·黄河

壮志怕消磨,九曲风波。
千淘万漉日西斜。
飞鸟盘桓争归舍,柳岸稍歇。

渡口看城郭,野客闲说。
将军一举渡黄河。
谁向滩头听故事,那里雄歌。

——壬寅夏于梁山

梁山　黄河

题记 人生自古伤离别。我在运河岸遥望一切远去的人和事,不曾想,连续九日,作下九首《思远人》,本是无意!也许,以后这个词牌不再写了,或者不常写了。儿时便知"九曲回肠",便知"去留无意",却真真不知这愁苦是何等的婉转,要做到又是何等的不易。而今悟来,当真是道不得!所幸,这九曲下来,不是凄凄切切的易安,也不是锦字回文的苏蕙……非是当时事,亦非那时人。有意,无意,斯人,斯事而已……

思远人九首

其一
思远人·记事

时岁风华惊暗换,
哪个常出现。
芸芸过眼,
匆匆谋面,
轮廓有浓淡。

好花容易开得晚。
好景难留恋。
若写到深情,
字无可用,
琢磨三声叹。

其二
思远人·一字

谁遣风儿求一字,
一字都不必。
千言万语,
千秋功业,
浑不过一字。

字儿堪写不堪寄,
写罢休投递。
落笔本无着,
过庭风①后,
空空三生里。

其三
思远人·赌

何事长留留不住,
心下无归处。
昏昏半晌,

---

① 过庭风:风从庭前吹过,比喻没有痕迹。

沉沉一夜，

输罢此身去。

近来常索人间句，

索了无人叙。

自那日南行，

何当回顾，

孤孤单单路。

其四
思远人·醒

谁把杯儿约来此，

三两知己事，

推来换去①，

干了瓶底，

天下任评议。

牡丹虽好差人意②，

酒醒重题记。

独守这一隅，

---

① 指推杯换盏。
② 应人之约，曾作《牡丹赋》。但内心深处，牡丹总是不若兰花。

觅来寻去，

花间应不是。

其五
思远人·论道

你道江山千万里，

不过一席地。

归根复命[1]，

良朋知己，

来往是仁义。

梦将酣处风云起，

较量知生死。

待五味调齐[2]，

有无无有，

得失凭人记。

---

[1]《道德经》十六章："夫物芸芸，各复归其根。归根曰静，静曰复命。"指万物归其根本，成其清净，生命回到自然状态。

[2] 指五味杂陈。感受复杂，难以言表。

其六
思远人·山居

人在深山山更远,
起伏难相见。
催归无事,
乡书不到,
遮断这双眼。

翠峰留客迎窗站,
古调①思量换。
唱罢了衷情,
卧泉深处,
一声声声慢②。

其七
思远人·清趣

长日闲庭观自在,
人在高墙③外。

---

① 古调:指古代的乐调或高雅脱俗的诗文、言论。唐刘长卿《听弹琴》载:"古调虽自爱,今人多不弹。"唐杜审言《和晋陵陆丞早春游望》载:"忽闻歌古调,归思欲沾巾。"
② 于山间闲居,枕泉漱玉,想起了李清照的《声声慢》。
③ 指孔庙外的万仞宫墙。

邀来小坐，
聊聊当下，
一念怎承载。

若君来往直堪待，
便负无关碍。
纵岁月飞梭，
莫非经纬，
清欢何曾改。

其八
思远人·世情

谁教风流先易老，
老去方知好。
天休问我，
人应难料，
知晓不知晓。

满斟才见杯中少，
就着诗文饱。
但写个题儿，
怎生空了，

将愁山推倒。

其九
思远人·无意

君去君来相迎候,
风物还依旧。
别前陌上[①],
归来留驻,
人比那时瘦。

纫兰结佩同心后[②]。
把玉雕成扣。
望一眼烟云,
幻虚真境,
相知休猜透。

——己亥夏夜于任城

---

① 吴越王钱镠曾写信给归家省亲的简王妃,"陌上花开,可缓缓归矣",表达了急切盼归而又深沉的真挚感情。
② 言心性高洁的友人同心同气。《易·系辞上》载:"同心之言,其臭如兰。"《楚辞·离骚》载:"扈江离与辟芷兮,纫秋兰以为佩。"宋辛弃疾《西江月·和赵晋臣敷文赋秋水瀑泉》载:"纫兰结佩有同心,唤取诗翁来饮。"

题记 那日，一位先生问我："几时开始写诗词？"其实记不得了，真真记不得了！正如不知几时喜欢"易安"，几时喜欢"幼安"一样。喜欢久了，也便化了。化成何等模样呢？一如此间，不是豪放，不是婉约。只是寻出来，看看这世界。大抵每一个词人，对世界的体悟，也只能这般道来……卿须怜我我怜卿罢！"青山吞吐古今月，绿树低昂朝暮风。万事有为应有尽，此身无我自无穷。"也许，这一遭过场，终究要记在词中！人事更迭，青山依旧。渐渐看到，世界是这样的……

西江月

万里云烟些个，
日头斜照一撮。
当时年少问归客，
且吟且行且过。

回首休言萧瑟，
举杯先道圆缺。
一番风雨待评说，
观水观山观月。①

——戊戌冬

---

① 此篇因读一句禅诗有所思而作。"千江有水千江月，万里无云万里天。"（出自《嘉泰普灯录卷十八》）道出人人皆可修养佛性，人人也皆可成佛。意在返璞归真。

宋 马远（传）高士观眺图

凤栖梧

惊换人间不知道，
纵付衷情，犹怕相知少。
回首青山承诺老，
不及流水逍遥早①。

自古得失凭一笑。
人在山东，莫道山西好。
遥酹风云随分了，
朝阳总把东山照②。

——己亥夏夜于任城

① 此句有"山盟虽在，锦书难托"（陆游《钗头凤》）之意，又有"落花有意，流水无情"之意。喻人间情感的反复变化。
② 东山：化用谢安隐居东山之典故，同时比喻希望。

浪淘沙

快意艳阳天,
归处阑珊。
罗衣轻减却还寒。
偷换春风多少事,
辗转三番。

笔记又新添,
酣畅人间。
相知记取话生年。
自古烟云无限恨,
依旧青山。

——己亥春夜于任城

题记 一个雨夜，心中思绪万千。想起坎坷人生路，心情一时难以名状。

远山横

听风听雨又三更，
再不醉酩酊。
非关没有逍遥景，
这一声，无处回声。
看那青山深处，
空空十里长亭。

采来朝露荐长风，
难断这心情。
皆知坎坷人生路，
最难行，依旧前行。
如是我闻如是，
何时送我归宁？

——己亥春夜于任城

题记 年少时，曾与军中友人黄鹂相约，台湾回归之日便是重逢之时。算算，已十几年过去了。

水调歌头·两岸

版图凭谁画？两岸是一家！
平生意气，双双羽觞荐中华。
你枕刀戈关塞，他卧涛声天涯，我在数昏鸦。
流水长东去，往复数落花。

叹人间，留不住，是繁华。
壮年滋味，问问岁底任沉沙。
回首矶头赤壁，远去周郎故事，何处写烟霞。
便任江山老，如何不想她？

——记当年意气兼寄故友

题记 这首"水调歌头"便是因运河而生的。我喝着运河的水,在南门外徘徊,或者登高举杯邀明月,这般诗意的故乡滋养了我。

水调歌头·运河往事

挥手从兹去,顾影怕惊秋。

九州望断,谁吟明月再登楼。

拟把垂杆镇日,遥叹难识归路,弃桨载云收。

人到南门外,沽酒未言休。

仗剑时,八仙醉,换貂裘。

壮怀应向何处,却道少年游。

我醉蒙君相守,我醒安能就走,携我共东流。

但问婵娟事,不再论离愁。

——辛丑冬于任城

宋 牧溪 罗汉图

题记 一日在尼山远眺水库,无限光景尽收眼底,却暗生人事变化的一丝惆怅。

陌上花·尼山远眺

雄图望远,
豪华未竟、旧游莺燕。
斜日峰头,
正是故园春晚。
漫差碧水说前事,
悲喜计来参半。
看无常世界,
山河纵有,
故人离散。

正东西对望,
休嗟荣辱,
最怕闲来怀念。
倦旅轻吟,
载去暗愁一段。
那时争为兜鍪去,
便任征尘席卷。
但少年已老,
归来云断,
夜沉杯浅。

——辛丑春于尼山

题记 一个秋凉之夜,思绪万千,眼前的书翻开又合上,一边是"九万里风鹏正举"的志向,一边是寻寻觅觅的怅然。故,也作《声声慢》。

声声慢

声声嘱我,慢慢描红,

匆匆莫言书写。

依往卿来,互道世间如也。

此际岂能苟且,

便须臾、不容松懈。

身累了、日常且忘,梦中说可。

望眼休分昼夜,

虽难过,蓬瀛九天偷谒。

郁郁沉沉,斩却那时情怯。

因着载愁无望,

趁秋凉、不如轻卸。

纵醉了,不争不怒,方思些个。

——秋夜于任城

趣记 一天傍晚，独立高台，历史烟云从眼前飘过，想起了冼夫人等英雄女子，美好而又孤寂。

桃源忆故人·女子

一丝残照一孤骑，
寂静人间独立。
盼见归来游子，
望断夕阳西。

曾经烟云曾经事，
来往无一堪记。
寻遍眉间心里，
与谁说陈迹。

——壬寅春夜于任城

题记 周公是历史上真正无私的一个人,他做的一切惠及百姓,惠及国家,都不是为自己。所谓无我,唯有他能做到。谨致敬意!

荆州亭·梦周公

子夜忽惊说梦,
礼乐接天谁应?
大雅是无声,
忠武不需人颂。

吐哺再三度用,
斧钺两番平定。
稼穑最关情,
北面以成天命。

——庚子冬夜于任城

题记 在故乡小院习武,一股豪气自内升腾,因而戏作。

阮郎归·少年

故园秋尽日将西,
刀光和月栖。
青梅曾忆背枝低,
怕人亲事提。

虽女子,
莫相欺,
也着身甲衣。
江湖路遇抱拳时,
笑呼三二一。

——己亥秋夜

题记 冬日最易伤感，想起世间一切人事变化无常，也拟锁起一颗心。

踏莎行·夜

风雪将来，
大寒又是，
夜阑总把痴人戏。
和衣盼梦那时候，
乍惊仍握秃头笔。

去日无情，
他朝无意，
昏昏天地无穷已。
翻开笔记去年词，
长合心锁凭他忆。

——辛丑冬夜于任城

趣记 中秋是团圆的日子,这个中秋下起了雨,没有明月,恰恰应和了心情。此刻还处在无法消除对世情变化的惆怅中,有感而作。

水仙子·雨夜

弹珠泪眼雨涟涟,

缺月中秋夜夜寒。

花枝怕与花枝见。

双双对对瞒,

西风瘦倚孤单。

姮娥何在?

独消夜阑,

怕问团圆。

——辛丑仲秋雨夜于任城

题记 那一年的春天最是难忘,我与济宁李庆平先生等好友送叶巍校长回苏州后,我与叶巍校长见面日稀,但是友谊有增无减。为了一句承诺,叶巍校长在苏州筹办了一次梨花诗会,洁白的梨花开得无比灿烂,评弹演员演唱了我的词《阮郎归》,给我留下了美好的记忆。故作词数首。

阮郎归·梨花

春分春色到江南,
浮萍惊睡莲。
青苗羞涩看人间,
日长飞纸鸢。

花事早,
柳枝鲜,
画堂双燕还。
梨花一树月衔山,
只因相见欢。

——辛丑春于苏州

临江仙·致梨花

墙外乱红初吐萼,
争着占却头枝。
唤春评个最相宜。
风尘均染过,
胧月怕人欺。

浩气忽来寻踪去,
不与芳众参差。
清明总在恨春迟。
遇着说故物,
别后更相知。

——辛丑春于苏州

误佳期·平常

回首那时来处,
曾擂三声战鼓。
风和马跃话归来,
总是高歌去。

经过一番雨,
戒掉痴嗔句。
相逢问我是非事,
但走人间路。

——辛丑春于苏州

诉衷情·别树山梨花

两只鸭子戏横塘,犬吠向梨行。
村中老妇闲售,屋后菜根香。

羊回首,雀张扬,暖洋洋。
蝶儿飞过,振翅斜阳,弹唱离肠。

——辛丑春于苏州

题记 2016年的某一天,我推开颜母祠大门的那一刻,只见满院杂草丛生,绿苔满地,一张供桌上铺满厚厚的灰尘,两个烛台东倒西歪,一个香炉掉了一只耳朵……面对如此凄凉景象,我泪如雨下。此后,我一直守护至今。

西江月·祭扫颜母祠[①]

处处攀高杂草,

重重欺住青松[②]。

相别半月燕巢空[③],

飞去还嗔酣梦。

许我痴儿洒扫,

任他村妪[④]锄平。

自从与你许今生,

最怕人情清冷。

——己亥秋于颜母祠

[①] 颜母祠:位于颜母山前,在今山东省邹城市宋家山头村内,为纪念孔子母亲颜徵在而建。一说始建于明孝宗弘治六年(1493年)。院内有石碑一通,碑额刻"大明"二字,碑身正中上部刻"阙里孔氏报本之碑",下部刻"周故夫子外府颜府君祠"等字。左侧刻"赐进士光禄大夫柱国太子太傅吏部尚书济南尹题","弘治六年岁在癸丑春二月有六日之吉";右侧刻"宣圣六十一代孙袭封衍圣公孔弘泰、孔颜孟三氏子孙教授司学录孔公璜同建"。1986年重修。自2016年始,我和孔孟故里的女性朋友开始志愿守护此祠堂。

[②] 颜母祠疏于管理,杂草丛生,杂草攀至屋檐和院内的几棵青松上。

[③] 廊檐下,小鸟安了家,时常飞入飞出。

[④] 村妪:村中的妇女。在尼山母爱书院的影响下,她们认识到颜母祠的重要意义,开始参与清扫维护。

尼山东南　宋家山头村颜母祠

题记 守护颜母祠已数年了,其实,说不明白为什么守护,一如王世珍司令所言:"子君总是做别人未做之事。"在这几年中,我无数次在大门的门槛上恍然如梦般看到颜母款款走来。这一次,在广场上立的颜母像,大致与梦中模样吻合,故作此篇。

西江月·致孔子母亲

云鬟雾环挽就,

玉颜淡扫从容。

那时屈指算生平,

不过路遥任重①。

总在梦中相送,

醒来还似相迎。

今朝相见又相逢,

是醒依然似梦②。

——己亥冬至于颜母祠

---

① 路遥任重:双关。一指孔母带孔子迁居阙里一事。二指孔母在孔父去世后,独自抚养三岁儿子长大成人的艰难历程。

② 因为多次梦到颜母,形象似实似虚。这一次面对着她的雕像,感觉她似乎真切地立在那里,却又恍然如梦。

诉衷情 · 立冬谒孔子母亲

庭前兰草笑寒霜,
出谒问时光。
西风往复归去,
秋意短,遇冬藏。

先洒扫,
再燃香,
为谁忙?
又千年后,
依旧躬身,
诉尽衷肠。

——庚子立冬于颜母祠

风入松·祭孔子母亲

道应有雨雨未来,
晴日挂楼台。
迟迟行迹分明路,
一桩事、一样情怀。
犹记当时院落,
谁锁遍地青苔。

一千昼夜扫尘埃,
怎地把名埋。
若无亲哺爷娘义,
又安能,教子成才。
杂草今儿且去,
铺阶隔日花开。

——庚子夏于颜母祠

虞美人·颜母祠小草

风来也不迎风倒,
人到锄平了。
不应恨此有一遭,
沧浪红尘何处把愁消。

参天大树踝间草,
笑尔生身小。
当时楚韵写风骚,
结佩纫兰可记故人邀?

——庚子暮春于颜母祠

作者在颜母祠拔草

诉衷情

尼山秋气正彷徨,
寒露借新霜。
悲情自有深恨,
这故事、断人肠。

昔圣母,
那时光,
少商量。
此番山色,
怎样清泉,
没入残阳。

——己亥秋夜于尼山圣母泉

鹧鸪天·孔子母亲像

人醉春风卧打更，
音容梦里更分明。
三千劳苦晕两鬓，
但遇委屈不作声。

调山色，
上眉峰，
窗前小雨怕人惊。
应知枕下涟涟意，
荐汝殷殷恤儿情。

——辛丑春日夜观孔子母亲颜徵在像有感

题记 这次谒见颜母,我期盼了很久。我和刘一鹤教授、杨朝明教授、郑庆军先生赶赴颜母祠,非常恭敬地行礼,感受着她坚毅的品格、伟大的母爱以及千年来被人遗忘的委屈。之后我们在附近乡村小酌,此生义气尽在其中矣。

浪淘沙·谒孔子母亲[①]

把盏共谁人,

三五推心。

山禽就义[②]举一樽。

不是那时林下[③]客,

醉倒乡村。

再叩仲尼门[④],

何不躬身。

从来世事怕分明。

便是委屈无处申,

如此娘亲。

——己亥秋于颜母祠

[①] 孔母:孔子的母亲颜氏,一说其名为颜徵在,元朝时被加封为启圣王夫人。孔子三岁丧父,由其抚养长大。有迁居阙里一说。
[②] 山禽就义:指午餐中的山鸡。唐孟浩然《过故人庄》载:"故人具鸡黍,邀我至田家。"
[③] 林下:指退隐或退隐处。唐李白《安陆白兆山桃花岩寄刘侍御绾》载:"独此林下意,杳无区中缘。永辞霜台客,千载方来旋。"
[④] 仲尼门:孔门,儒家。儒家倡导仁,仁者,人也,认为亲亲为大,孝为根本。

题记 孟母,历来声誉很高。"断机教子""孟母三迁"的故事广为流传。她和孔子母亲都是中华优秀母亲的代表。

摸鱼儿·孟母

道深情,
向归何处,
三迁思量方住。
风华邹鲁多人物,
女子可堪重数。
天作布,梭飞舞,
不期织就山河路。
丝麻千捋。
为小儿读书,
断机一怒,
谁把裂帛补?

来又去,
萧瑟当年小雨,
泥巴裹住双履。
风急云动何曾误,
汝若不学无恕。

不敢觑,闹市里,

走卒贩夫①多如许。

生民疾苦。

便付于谁人,

儒行禹志②,

子在孟公府。

——丙申夏于孟母三迁祠

宋 佚名 蕉荫击球图 故宫博物院藏

① 走卒贩夫:旧指差役和小贩,泛指旧社会里地位低下者。孟母将家搬到闹市,担心孟子融入市井环境,没有大志,所以再行搬迁。
② 儒行禹志:指像大禹、儒家圣人那般的志向。

题记 回乡看到种下的桃树花儿盛开,继续和父亲习拳舞剑,有两三小童围看,阡陌纵横,鸡鸣犬吠。

鹧鸪天·故乡

柴门长向溪水开,
桃花不负去年栽。
分我诗名海棠小,
利剑凭他新绿裁。
多少事,不需猜。
从来风雨怕归来。
小童围看消日暮,
犬吠鸡鸣归去哉。

——庚子夏于故里

题记 友人郑华星先生说我是以促进南北文化交流为使命的。其实，我只是如赵树国先生所说和北方、南方两位非同凡响的女性建立了密切的联系。一位是孔子的母亲颜徵在，一位是"中国巾帼英雄第一人"冼夫人。我十岁便知冼夫人，历三十年，终于踏着友人走过的痕迹，战战兢兢来到了冼夫人跟前。北方一个小女孩的心里始终住着一个她，虽不曾提起，但从未遗忘。为什么？不因其文治武功，乃因"唯用一好心"！这份心力，岂能限于岭南一隅，南海一浪，已然无处不能达，无所不能及。

谒冼夫人庙

从来争霸剩残局，车马嘶鸣遗老哭。
南海突掀千尺浪，中原初定力不扶。
云霞赤焰开锦伞，明镜青天次第铺。
保障非关男儿事，至今香火与人殊。

——辛丑秋于岭南冼庙

满江红·谒冼夫人

万恨千愁，不过是，轮番称王。
争来去，南方北顾，北方南望。
男儿空怀千担力，军中无子堪当将。
怎破虏，不若倚夫人，持犀杖。

开幕府,升军帐。锦伞动,铜鼓响。
此千秋功业,圣母心肠。
瞻仰遗风昭日月,再描蛾眉共天长。
君不见,有万万生民,呼娘娘。

——辛丑秋于岭南冼夫人故里

冼夫人

山重不如恩义重,云愁应逊使君愁。
男儿逐鹿霸天下,百越归一赖女流。
若不孤心从懿志,海南万里又绸缪。
久怀夙愿来告庙,一早七哭到晚休。

——辛丑秋于岭南冼夫人故里

重立冼夫人墓碑

几番兴废哀今古,
只此一人不糊涂。
拂手名利闲抛尽,

但任风云卷又舒。
新遣青石铺排处，
仍归山海世代居。
盛德远近争说汝，
隆声入土不委屈。
若为功成求一战，
谁人肯把圣母呼。
跨踞山洞能伏虎，
敦从民意甲兵除。
不戮一人成大统，
何曾称霸自己图。
屠毒安有英雄事，
胜败哪堪一笔书。
出生已定终身愿，
身后犹被生人哭。
香火问过千家庙，
情均父母举世无。
两面斑驳从来是，
剩将清气袖底出。
勤抚铭文说归去，
夫人用心描来读。

——壬寅春于岭南冼夫人故里

题记 冼夫人后裔冯明华先生因遭遇交通意外,长期卧床不起,我看到他坚韧不拔的毅力和乐观积极的精神,甚是感慨,题小词相赠。

子夜歌·致友人

人生愁恨何曾了,夜长长痛知多少。
倚枕把灯挑,北辰挂树梢。

伤心说未到,梦里指花笑。
南海共丹忱,今宵染赤袍。

——壬寅夏夜于任城

五觉斋奇楠

题记 值举国纪念辛亥革命110周年之际,我亦心潮难平。中山先生曾言:"吾心信其可行,则移山填海之难,终有成功之日。"崇敬先生三十年,深体捧心而行,站着的意义。今时今日,问即是答。生而为人,当立大丈夫之志!大道之行,天下为公!

解佩令·孙中山

硝烟四起,版图拼凑,
站不得、朝野捉襟肘。
赤子如何,
一腔血、焉能空吼?
立三民、遗言亲授。
义师昌否,霸徒亡否,
看江流、九州同否?
慷慨先行,
这天下、如今公否?
尔何人、兴中可否?

——辛丑于粤

题记 在五觉斋中，友人郑华星先生点燃了沉香，静谧之中，入其化境，深体"受之刀斧，报以芬芳"的精神，也深知苏东坡等何以对其深爱。

行香子·沉香

斧斫鹤骨，和碾奇楠。
无限意，反复燎煎。
小屑微微卷，油光又新添。
兴一起，云万里，半生闲。

隐约欢喜，殒残泪含烟。
绕去来，神已半酣。
有心参眉上，泪花看阑珊。
明儿个，人何在，在仙山。

——辛丑夏夜于粤

鹧鸪天·沉香

眼底消磨是别离，寒凉十指又相欺。
与君未遇常逢雨，自主沉浮和泪滴。

春已误，更珍惜。百花易放心难知。
沉香最体痴人意，焚尽千言不肯题。

——辛丑夏夜于粤

五觉斋沉香

题记 悼义兄父亲,作于泗水畔。

清平乐·悼

大人何处,此去无归路。
步步登来知恩苦,又上一阶难住。

从今几度荣枯,叶儿问取根须。
寂寂青山无语,喑喑夜雨先哭。

——壬寅夏于任城

沉香

趣记 别京华数年后，回京有感。

浣溪沙·夏日黄昏

又到京华又忆君，
螳螂探问寄居人，
情长更比日长深。

旌羽嘱云酬劳燕，
青梅荐酒慰黄昏。
殷勤最怕误光阴。

——芒种于京

题记 在孟子故里游玩，后赴三迁祠，偶抬头观天空呈现的异景有感。

浪淘沙·夏至

日影又重量，
昼宵谁长？
桃林染透守林忙。
燕雀偏欺孤老客，
不话凄凉。

暮色上昏窗，
一览苍茫。
乍红乍紫乍橙黄。
烟火人间缘世法，
庭锁夕阳。

——辛丑夏至于孔孟故里

题记 我一向对范蠡的智慧很敬服,尤其佩服其能做到"放下"二字。"买名何用,布衣才是卿意"是对生命的深刻体会。

酹江月·范蠡

孤舟已去,看空水别浦,沙鸥惊起。
江海凭君行万里,不恋旧宫新壁。
得意湖山,烟销吴越,不过当时事。
忠肝任品,卧薪陪你到底。

所系皆是苍生,委屈伸罢,一雪君国耻。
常念功劳多自累,敢效先生轻弃。
能运天时,能观人事,舍利全高义。
买名何用,布衣才是卿意。

——辛丑夏夜于任城

题记 观朋友之《严君平的心》一文，思及李白诗中的严君平，而今对他一颗心的理解，颇认同他的那个高徒大赋家扬雄，深以为便是二字：随、和！

致严君平

身世从来应两弃，
漂泊不必问君平。
市朝久已无高士，
郊野依然有流萤。
群众锦衣难悟道，
孤家独帜易占星。
赚得百钱先闭户，
不改随和忘死生。

——辛丑夏夜于任城

题记 写在嘉祥县岳氏宗亲祭岳飞之际,兼致岳母。

满江红·清明祭岳飞 兼致岳母

无雨无风,
春盛也、送来消息。
放眼望、村郭拥挤,
万人同祭。
礼乐备齐思忠武,
清酌三酹酬生死。
看人头攒动动清明,
长空碧。

战鼓响,
故园泣。
八千里,
壮怀志。
忆那时刺字,
尽忠而已。
休绕膝前全孝子,
托身国事彰忠义。
这山河、正是好时节,
彤彤日。

——辛丑春于嘉祥

题记 冬至赏梅,闻岛上晨钟,念及世间情缘,有感。

洞仙歌

无门似有,冬至梅花瘦。
待到擎寒怕回首。
笑红尘、最恨彼此分离,
更难耐,水远山长依旧。

佛陀知会否。
半是凋零,应悔断肠在人后。
是和非、不在此间,
留得个、惯见夜风吹皱。
纵皱了,莫急话悲凉,
总不如,又是春来时候。

——庚子冬夜于任城

题记 兼有运河文化和水浒文化的东平历史的烟云尚未散尽,一场金戈铁马的演出,惊起了往日的尘嚣,白袍小将持枪跨马而来,那些英雄人物啊,在戏中还是戏外?

念奴娇·东平怀古

长空万里,见烟云历历,去留无迹。

多少豪杰过去了,一望城头如洗。

猎猎风旗,萧萧秋碧,人在故城里。

归鸿飞过,战争今又重忆。

宋史一部传奇,不禁拍案,对影先垂泣。

踏碎喧嚣惊尘世,再遇将军铁骑。

白甲一袭[①],寒光急掷,谁向夕阳立。

人生如戏,戏中人物谁记。

——庚子秋于东平

[①] 指穿一袭白袍跃马而来的小李广花荣。

题记 我时常顺运河而到东平，在戴村坝寻觅，到东平湖泛舟，历史皆成过往，山河依旧。

武陵春·东平湖

借问秋光今在否，说已备，小轻舟。
正澹荡清波万事休，
向两岸、撒闲愁。

船夫怕忆少年游，招呼我，坐舱头。
纵载动痴人说忘忧。
好个秋、又回眸。

——庚子秋于东平湖

题记 在东平湖遥寄抗倭名将戚继光，夕阳中他似迎风而立，英勇依旧。中华民族的千疮百孔在猎猎风旗中不断被疗愈抚平。我辈当不忘过往，奋斗当下。

念奴娇·戚继光

横戈跃马，见霜满华夏，落晖千丈。
整备飙发挥长戟，谁使倭人魂丧？
边寇频摧，鞑靼又御，看我戚家将。
勋垂南北，后生焉敢轻忘？

遥记任事当年，朔风边酒，沧海心头浪。
武略文韬凭你算，小丑仓皇张望。
非志封侯，建旌保土，布阵军威壮。
东原酬唱，应声家国无恙。

——庚子秋于东平

题记 友人于先生因公务在济南小住数月,运河给他留下了美好的回忆。那日,他说两日便回,准备接风的酒却成离济的饯别酒。唯愿前程顺利,后会有期。

误佳期·运河岸赠别友人

何事与君堪叙,岁月最难留驻。
曾约把酒贺归来,却是说归去。

惆怅看兰台,闻道转蓬处。
人生后会有佳期,莫把消息误。

——庚子秋夜于任城

薄浮雕

题记 这个中秋是这两年来最宁静的。我在乡间的小院,望着那远远的、朦胧的、在云间躲来躲去的月儿,听着蛋鸣和蛙声,感受着这变化而又美好的人间。

水调歌头·中秋

待月黄昏后,
照我在西楼。
那时归去,各自争道岁悠悠。
借问江山雄丽,
捱过几番秋色,
染透这河流。
若无英雄事,
便笑也无由。

不说楚,不论汉,不谈周。
纵经岁月,风物怎肯为人留。
谁向东坡借酒,
谁使蟾宫捣臼,
销尽这离愁。
才忆中秋事,
今日又中秋。

——庚子中秋于故里

宋　赵佶　秋景山水图

题记 在老家,我们还有个院子,时常,我会去住几天。有人说"好怀念儿时的蛙鸣",蛙鸣在城市里没有了,在这里却依旧有。夜凉如水,我坐在老家的院子里静听蛙鸣。

渔家傲·秋深

思量秋深深几许,
怕见秋深,
更怕潇潇雨。
昨夜蛙鸣说莫去,
归来处,
今宵与你应同住。

寂寥星空闻私语,
一夜寒心,
冻彻凡人骨。
天上阴晴无定数,
人间路,
分销冷暖凭君取。

——庚子秋夜于故里

题记 每一次到微山湖,都会被它的美惊到。已是入冬,湖面的荷花垂下了玉面,莲蓬也已空了。那年泛舟湖上的记忆还在,今日的夕阳又已落下。

鹧鸪天·再至微山

曾因微子到微山,
湖心误入去采莲。
放低姿色垂玉面,
老去空心为等闲。

应忘我,勿缠绵,
纵然经事已经年。
重回故地寻常日,
又把当时和梦眠。

——庚子秋夜于微山

题记 多少往事在运河沿岸依旧生动地流传着。那日，我到徐州纪念关盼盼的燕子楼。苏轼曾在此处专门夜梦关盼盼，并留下诗作。"异时对，黄楼夜景，为余浩叹。"不仅是为关盼盼，也为他一路飘荡的人生。而我此次来，不知是为关盼盼还是为苏轼了！

永遇乐·梦燕子楼　兼和苏轼

小雪方歇，流徙初驻，今古如是。
燕子楼头，当时曾寄，争把音书递。
重情应数，梁间君子，不改那年习气。
锁不住，满腔情义，筑巢再约来世。

江湖一叶，飘零又至，小园重寻行迹。
人去楼空，旧垣已没，故事凭人记。
百年不负，孤独纵有，记取两三知己。
归来去，红尘一梦，怕说梦里。

——庚子冬于徐州

徐州燕子楼

题记 忽然，很喜欢子产，大抵缘于我心中没有鬼神吧。他说"我无求于龙，龙亦无求于我"，如此理直气豪。同时，我又欣赏释正觉，他说"脱尽情尘消息在，芦花江上月明秋"。究竟什么是天道自然，什么是人间情缘呢？鸟儿开始喧闹了，声音如此的杂乱。黄昏的风如此的清凉……

缘　兼和释正觉

生涯千转破云归，
我不求龙龙何为。
天外九重天道远，
弹指一挥故人回。
日销风骨青山秀，
真味入肠痴念灰。
缘法消息托月寄，
行将满处满还亏。

——庚子夏夜于任城

桃源忆故人·告易安

依稀回首人生半，
风雨争来相见。

不向人说清减，
又剩餐中饭。

敲窗不是去年燕，
飞过道声春晚。
行到山穷水远，
卧听声声慢。

——庚子夏夜

减字木兰花·饮

日斜归路，
醉教晚霞先留驻。
曾见黄昏，
总把多情杨柳梳。
行人不语，
有限此身杯自取。
如此凉风，
吹醒云天看不足。

——庚子夏夜于任城

题记 生活便是这样的，一件小事可忆古及今，让人细细体味这奇妙的生命历程。正逢中秋，看到了团扇，自然联想到其秋凉见弃。然而，难得最是知己！团扇丢了，明年还可再度拾起，知己呢？未必！班婕妤的《团扇诗》是历史上第一首成熟的五言诗。而她诗中所表现的情感，反映的是历史上尤其是深宫中女子的凄凉。我一度并没有深刻的感触，而今，体味着变化的人生，感受着身边女性朋友的际遇，读来所思大有不同。历史遗殇，自不须再去叹惋。女性的幸福不是某种依附，而是本体的情怀和价值，有大地一般的宽阔和承载！故，连作四首《临江仙》。

临江仙·女子

怅叹人生多变化，
那时倾慕英雄。
大江东去总匆匆。
前途凭你奔，
杯酒我先空。

便谋一囊浮物去，
焉关到了死生。
知音弹罢怕人惊。
秋风欺女子，
义气起闺中。

——己亥秋夜

临江仙·知己

是否前生曾遇见,
那时未了离情。
经年已去转头空。
斯人浑忘,
今世各飘零。

点个青灯拨尽处,
将息还看朦胧。
思量最怕到天明。
谱来无曲,
负了这才名。

——己亥秋夜

临江仙·回眸

天上不知人事改,
又逢此处秋凉。
眉头鬓角再争霜。
年华待问,
原是好时光。

夜雨点滴成对饮,
浇着一段愁肠。
月儿无意惹云伤。
回眸望处,
它在笑里藏。

——己亥秋夜

临江仙·罗扇　兼和班婕妤团扇诗

乌有先生[①]曾至此，
记得罗扇深宫，
秋凉入笥被人轻。
延陵[②]终是苦，
瘦尽倚云屏。

何必凭他司马赋[③]，
诗情好趁东风。
斌斌[④]清气五言生，
流萤[⑤]如此小，
试看照星空。

——己亥秋夜

[①] 乌有先生：司马相如《子虚赋》中的假托人物。子虚是楚的使臣，出使于齐。宋李清照《感怀（并序）》载："静中吾乃得至交，乌有先生子虚子。"
[②] 延陵：汉延陵，位于陕西省咸阳城北。汉成帝即位的第三年（公元前31年）初春，开始在长安城西北的渭城延陵亭修陵，因此取名延陵。成帝死后，班婕妤以婕妤的身份守园陵，死后陪葬于延陵附近。
[③] 司马相如：汉赋的代表作家，后人称他为赋圣和"辞宗"，曾作《子虚赋》《长门赋》。
[④] 斌斌：文质兼备。《史记·儒林列传序》载："自此以来，则公卿大夫士吏，斌斌多文学之士矣。"
[⑤] 流萤：指飞行的萤火虫。唐杜牧《秋夕》载："银烛秋光冷画屏，轻罗小扇扑流萤。"

附原玉

团扇诗

［汉］班婕妤

新裂齐纨素,鲜洁如霜雪。
裁为合欢扇,团团似明月。
出入君怀袖,动摇微风发。
常恐秋节至,凉飙夺炎热。
弃捐箧笥中,恩情中道绝。

宋　佚名　天寒翠袖图　故宫博物院藏

题记 曾读《九张机》，在沉静的夜里，似乎总是听到那唧唧的机杼声，那机杼声带着些许幽怨。说不清是哪一位妇女把凄绝的心情织成密密的布帛。历史上遗留下来的两篇《九张机》，皆为无名氏所作，故我不知道和谁，大概是在和这样一种心情。期待着遇见一个女子从少女到恋爱，到结缡，到伤情，到盼归，再到白首与共的跌宕却完整的人生情感。一日席间，杨义堂先生要求我吟诵，不禁泪下。

九张机

一掷梭儿赋旧诗，
深更又作九张机。
不缘愁阵成丝线，
但为痴心制锦衣。

一张机，锦衣还应巧心织。
垂膝绾作云鬟髻。
人儿西向，拈花无语，
一准少年痴。

两张机，英华最怕误相思。
此情付与谁人记。
长更不寐，愁思难了，
两两袖中栖。

三张机，当开何不占一枝。

芳菲过了无从忆。

纵然春色，也难留住，

问句可堪惜。

四张机，升沉不必问川西。

君平①卜占终寻觅。

遥迢按辔，轻轻辞去，

竟是不归时。

五张机，回文锦字②奈寻思。

绝尘又起还旋意。

半生一世，怎能抛掷，

曾忆是结缡。

六张机，高竹孑立雨凄凄。

空堂病燕愁肠题。

没了内里，焉随风动，

长调话青衣。

---

① 君平：严君平，原名庄君平，西汉早期成都人，道家学者、思想家、隐士，终身不仕，以卜筮和讲授易经及老子之学为生。设馆授徒于郫县（今成都市郫都区）平乐山宣讲《老子》，并在此山上写出了"王莽服诛，光武中兴"的预言，培养出了得意弟子扬雄等。

② 回文锦字：前秦时期，秦州刺史窦滔因得罪了苻坚的手下大官被流放到流沙县。自此夫妻天各一方，他的妻子苏蕙特地在一块锦缎上绣上841个字、纵横各29个字的方图，可以任意地读，共能读出3752首诗，表达了她对丈夫的思念与关心之情。

七张机,新衣未就剪成旗。
但见裂帛①马嘶低。
分崩踏碎,哽咽离恨,
伤透怎重拾。

八张机,红笺添字无从寄。
远山水阔云难织。
烟霞不是,归鸿不是,
心事缄成谜。

九张机,苍头霜鬓与眉齐。
谢公借问今何意。
身轻未老,双双一笑,
说段旧传奇。

消息,望着篱下草萋萋。
蛛丝暗网东西递。
拉来拉去,无头无绪,
凝目笑我痴。

愁思,欲陈离恨断唧唧。
梭儿已入三生里。

---

① 裂帛:形容声音像撕帛一样。唐白居易《琵琶行》载:"曲终收拨当心画,四弦一声如裂帛。"

终朝织个,穿来穿去,
当户眼迷离。

云烟万里没马蹄,
斜照门庭意迟迟。
相对休言别后事,
此间归客正当时。
锦字于兹,不复离弃。

——戊戌冬夜于任城

题记 易安说:"世人作梅词,下笔便俗。"(见于《孤雁儿·世人作梅诗》)她却写下了这样的句子:"一枝折得,人间天上,没个人堪寄。"后来陆游作《卜算子·咏梅》"零落成泥碾作尘,只有香如故。"毛泽东"读陆游咏梅词,反其意而用之",写下"待到山花烂漫时,她在丛中笑"。而今看来,都是极好的。冬至那日,在空旷的夜晚,看到一支独擎的梅花,也禁不住吟着"人散尽,仍独立"。

卜算子·咏梅

捻句成短长,
曲罢猜人意。
应悔前生负你时,
今世里,常寻觅。

飞身风不惜,
拆骨先冬至。
若是重逢折哪枝?
人散尽,仍独立。

——戊戌冬夜

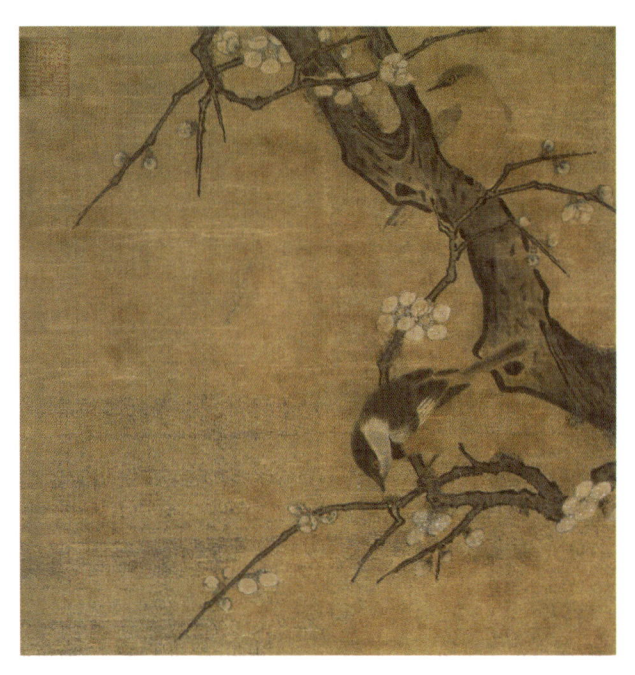

宋（传） 马麟 梅花小禽图 五岛美术馆藏

题记 在运河岸有一个已历三百年的老字号——玉堂酱菜。它给很多济宁人和苏州人留下了无尽的回味。斯时，受义兄郑庆军先生所托，作小词。

鹧鸪天·玉堂酱菜

细水潺湲三百年，
偏心佐饮四月天。
人间有味"合锦"恋，
玉宇不甘"八宝"添。

小儿闹，寿星馋。
蟾宫弃杵看开坛。
盐巴撮点同偕老，
陈酒闲呷和月腌。

——庚子冬

题记 曾经去过沈园，久在园内流连，那《钗头凤》便更加深刻地印在心里，陆游和唐婉的爱情悲剧便挥之不散。终究是遗憾，多么希望岁月无情人有情，多么希望这世间有永恒的情感。遂作《钗头凤》两首。

钗头凤·红尘羁客

初凉夜，羁留客，
四十朝暮行将谢。
红尘落，余生怯，
不禁轻寒，怕悲秋叶。
莫！莫！莫！

曾相悦，勿相错，
几时年岁堪重借。
应知我，难逃也，
唯愿今个，犹似昨个。
切！切！切！

——戊戌秋夜

钗头凤·忆沈园

钗头凤,相知重,

夜长常与愁长并。

风声奄,更声浅,

惊鸿①一世,剪诗三万②。

叹、叹、叹!

英雄老,归来悼,

恨他题壁凭年少。

闲云乱,香魂散,

一别十载,再别永远。

憾、憾、憾!

——己亥夏夜于曲阜

---

① 惊鸿:原意指惊飞的鸿雁,这里指体态轻盈的美女。三国曹植《洛神赋》载:"翩若惊鸿,婉若游龙。"宋陆游《沈园二首》载:"城上斜阳画角哀,沈园非复旧池台。伤心桥下春波绿,曾是惊鸿照影来。"
② 陆游一生笔耕不辍,其诗词文都具有很高成就,诗作多达近万首。此处用三万,乃是概数,表示较多。

绍兴沈园钗头凤碑

题记 戊戌冬末遇雪,窗外一片白茫茫的景象,我的心情莫名地低落,想起了白居易,想起了离情别绪,故作此篇。

定风波·雪

但吟离歌但举樽,
几时锦瑟断人魂。
也把青衫学拭泪,
词尽,
曲终不见去年人。
莫使颦眉休动问。
误信,
山河素裹为留君。
应是旧约曾辜负,
何必微醺,
醉了忘今身。

——戊戌雪夜

题记 一个雨后的清晨，和友人走在马路上，树上簌簌飘下很多落花，铺了满地。我想起了红楼梦中葬花的黛玉，对落花、对黛玉生发出怜意来。

粉蝶儿·落花

春自风流，
偎香倚翠无数。
想留春，
怎能留住。
恁般地，
一径去，
痴情错付。
觅无着，
空绕断云残雾。

香丘重筑，
不必尽天绝处。
只跟前，
可堪怜取。
捧心疼，
泪殢雨，
清音如故。
费思量，
与君两停三顾。

——暮春于任城

趣记 近来多雨，然，犹念"放情长言，步骤驰骋"。世间变化一如心性之有常无常。赴济南途中作此篇。在狂风暴雨中想起了李白，想起了陆游，想起了苏轼，想起了辛弃疾，想起了李清照……山河万里，诗情三千，不移本色，且歌且行！

风雨行

山从云中起，青青是邹鲁。
风自海上来，消息无旧故。
泉城谁所在，惛惛诉离苦。
从来只一人，声声写肺腑。
霏雨乱我心，暴雨又敲户。
说来是叙旧，入肠添新律。
问我命途时，黯然不肯语。
心有旧山河，仍念山河主。
年少多轻狂，风流向吴楚。
人生何所似，仰笑问天姥。
当年梦陆游，诗魂销亘古。
秋来怕南渡，道长嗟日暮。
铁马无处觅，放鹤人先赴。
小舟远江湖，江湖怎安渡。
奔流一万里，相忘犹未取。
营营众生态，泠泠独漱玉。
冷风削玉面，肌寒嵌冰雨。

寒意欺我紧,抖落来时路。
骤尔下霹雳,裂骨挥石斧。
银河已倾泻,何能可作补。
藏无藏身瓦,飞无飞天羽。
立乎天地间,任尔东西去。
诗有三千首,携来无一句。
秋风乏力时,重逢向何处?

——己亥秋雨夜于泉城

金丝楠薄浮雕

趣记 庚子年除夕夜，我在歌德图书馆如往年一样地守夜，突然得到消息，要求全市闭馆。初一在乡间老家舞剑，初二便封了路。庚子年掀开了特殊的一篇，这不是我们的期待！我们请缨，做力所能及的事，或者保持安静，或者在匆匆忙忙的世界中慢下来反顾和思考。这是第二次，也让我感受到了个体的无力……

鹧鸪天·守护

岁月无情岁又迁，
应知灯火总阑珊。
亲邻来问还家日，
却道读书到子年。

人散尽，为团圆，
痴儿剩把义当先。
纵然辜负千金夜，
不毁人间一诺言。

——除夕于任城

鹧鸪天·元日

旧事先随旧岁归，
此间仍是去年人。

呼儿再把龙泉认,
莫作当今无用身。

新焙酒,为谁温。
只闻风动不闻春。
会同休戚长江去,
荐罢诗魂荐剑魂。

——庚子元日

鹧鸪天·逢事有思

此际当归已去乡,
桃符①深巷叹门凉。
当年堪忆农耕好,
今个无暇去种粮。

争赶路,总匆忙。
何曾藏器在胸膛?
报国无力读书少,

---

① 桃符:古时挂在大门上的两块画着门神或写着门神名字,用于避邪的桃木板或纸,相当于门神像。后来人们往往把春联贴在桃符上,借指"春联"。宋王安石《元日》载:"爆竹声中一岁除,春风送暖入屠苏。千门万户曈曈日,总把新桃换旧符。"

空念河山夜更长。

——庚子初二

定风波·和杨朝明教授

祸起山河夜遣兵，突击战疫挂红缨。
坐卧频关忧喜报，难料，圣城不寐为江城。

谁使仁心能扛鼎，惊梦，躬身荆楚荐生平。
万户千门争借问，春信，几时到此报安宁。

——庚子春

定风波·和东坡

独坐残更怕人惊，花期未定令先行。
谁为愁思剪两鬓，深恨，此间最怕负生平。

往事何当能记省，长痛，飘零休去怨春风。
纵使春风争饮醉，无畏，阴晴直待是真情。

——庚子春夜

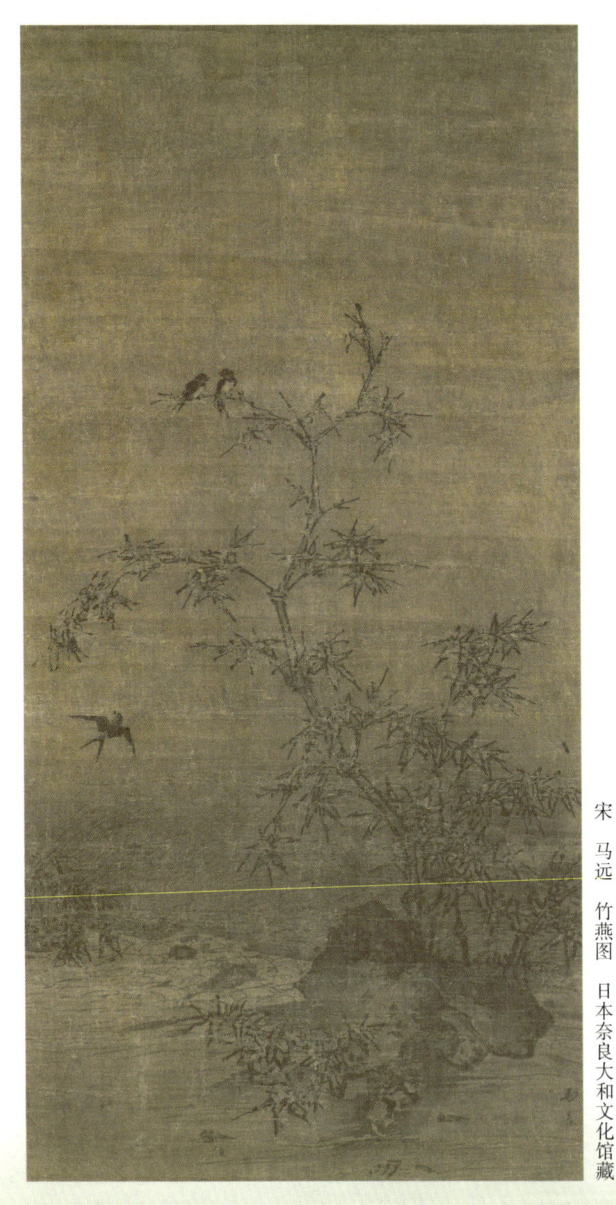

宋 马远 竹燕图 日本奈良大和文化馆藏

题记 己亥年的上巳节,大概是我心情最好的时节。与三两好友相约曲水流觞,济宁城外那铺满大地的油菜花,似那明媚的心情。蜂蝶飞舞在花丛中,争显生机和活力。将一把青苗泡在杯中,品尝着幸福的感觉。人在油菜花海中笑着,多希望这一刻可以成为永恒。

蝶恋花·上巳

三两相将临池早,
曲水风骚,
最怕吟诗少。
为报蜂蝶花未老。
千朝不似今朝好。

入味珍馐争扮巧,
一把青苗,
五味全通晓。
自此长将人影照,
年年陌上朝你笑。

——己亥上巳于任城

孔府燕礼[1]

薄暮铺香染圣城,

傍席秀色任品评。

儒家旒冕[2]揖贵客,

酬旅尊爵[3]荐先生。

禊饮[4]于兹逐沂水,

舞雩巳日[5]动春风。

征尘一洗难辞命,

义气三投把醉兴。

善品诗书匠运工,

细嚼六艺再求精。

物华足具添脯醢[6],

礼用先关是阜丰[7]。

---

[1] 燕礼:"燕"通"宴",义为安闲、休息。燕礼是古代中国贵族在政余闲暇之时,为联络与下属的感情而举行宴饮的礼仪。燕礼可以是为特定的对象而举行的,如出使而归的臣僚、新建功勋的属官、聘请的贵宾等,也可以是无特殊原因而宴请。孔子认为"礼"是社会的最高规范,宴饮是"礼"的基本表现形式之一。此处孔府燕礼指孔府菜。

[2] 旒冕:即冕旒,古代大夫以上的礼冠。顶有延,前有旒,故曰"冕旒"。天子之冕十二旒,诸侯九,上大夫七,下大夫五。(见《周礼·夏官·弁师》)此处借指规格高的礼仪。

[3] 尊:亦作樽,是商周时代的一种大中型盛酒器。爵:中国古代一种用于盛放、斟倒和加热酒的容器。

[4] 禊饮:农历三月上巳日之宴聚。南朝王融《三月三日曲水诗》序:"惟暮之春,同律克和,树草自乐。禊饮之日在兹,风舞之情咸荡。"

[5] 舞雩:台名,是鲁国求雨的坛,在曲阜市东。(曾皙曰)暮春者,春服既成,冠者五六人,童子六七人,浴乎沂,风乎舞雩,咏而归。夫子喟然叹曰:吾与点也。(《论语·先进》)巳日:指上巳节。旧俗以此日在水边洗濯污垢,祭祀祖先,叫作祓禊、修禊、禊祭,或者单称禊。魏晋以后把上巳节固定为三月三日,此后便成了水边宴饮、郊外游春的节日。但有时仍以巳日为上巳节,不固定为三月三日。

[6] 《周礼》云:"以飨燕宴之礼,亲四方之宾。"燕礼中最高规格是饮酒时享用"珍馐醢醢"。

[7] 指物阜民丰。

斗酒千觚[①]千古事,

笑谈万里万国同。

他朝来路君须记,

此处咏归是遂宁。

——己亥上巳于曲阜

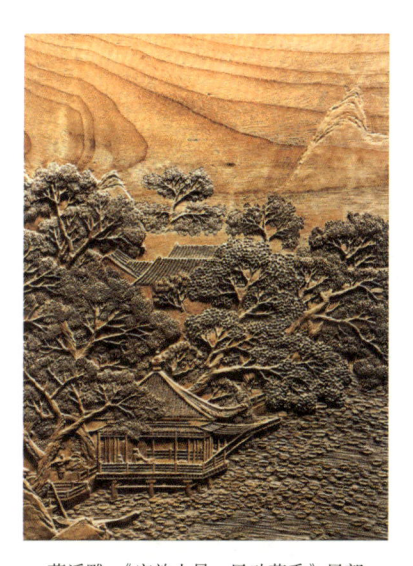

薄浮雕 《宋韵十景·风动荷香》局部

---

① 觚：是中国古代的一种用于饮酒的容器，也用作礼器，盛行于商代和西周早期。《孔丛子·儒服》载："尧舜千钟，孔子百觚。"

题记 戊戌年的冬天,身体弱到无法起床,得义兄刘一鹤先生照顾,以中药调养,才逐渐好转。此恩铭于肺腑,现以白芷、黄连、茯苓、苁蓉、当归等十几味中药入此篇以记。

满庭芳·一壶药香

白芷(白纸)难书,黄连空苦。

桂枝消尽芬芳。

四肢寒尽,劝我进生姜。

一日两煎思量,

肝肠断,红花易伤。

轻粗饭,撷来甘露,

煮沸八珍汤[①]。

一腔,

杂五味。

茯苓(俯聆)肺腑,枕伴沉香。

最怕离别恨,

菊老茴芗(回乡)。

不忍此恩有负,

一壶月,岂是寻常。

苁蓉耳(从容尔),当归熟地,又见对花黄。

——戊戌冬夜

[①] 八珍汤,中医方剂名,别名八珍散,为补益剂,具有益气补血之功效。主要组成:人参、白术、白茯苓、当归、川芎、白芍药、熟地黄、甘草。

题记 那一夜,很安静!不是大上海"不夜城"的印象!黄浦江边的明月,照着我,直到四更。风自海上来,我笑着,放肆地笑……这样的江边街头是很有几分韵味的。我知道,我在怀旧!我一向是迷路的,在上海却无比的清醒,知道方向,知道去处,甚至知道归程!如此,致——那一夜!

临江仙·外滩之夜

吴越那时居此地,
风华怎比今夕。
潮头退去路人稀,
夜凉独立,
唯我晚来迟。

应是繁华深重处,
醉眸最易迷离。
前途休问有谁知,
不如酹酒,
明月挂云西。

——己亥秋夜于沪

忆江南·旧恨

那一夜,
十里梦魂惊。
世道非常归去好,
伤心总被路人轻。
泪眼看昏灯。

——己亥秋夜于沪

鹧鸪天·上海

误惹繁华酒半醺,
最难饮下是冰心。
水长离恨争说远,
只在江南黄浦滨。

谁肯共,暗香沉,
阑珊灯火自销魂。
此时更比那时恨,
明月中空不见人。

——己亥秋夜于沪

浪淘沙·秋深

皆道最繁华,处处人人。
捉书袖手①最深沉。
阅尽人间多少事,不过三分。

谁记那时辰,灯掌黄昏。
小楼双燕②话秋深。
振翅你先飞去了,可有来春。

——己亥秋夜于沪

---

① 捉书袖手:指不理世事,专心读书。宋陆游《书愤》之二:"关河自古无穷事,谁料如今袖手看。"
② 小楼双燕:表示离愁。宋舒亶《虞美人·寄公度》载:"芙蓉落尽天涵水,日暮沧波起。背飞双燕贴云寒,独向小楼东畔、倚阑看。浮生只合尊前老,雪满长安道。故人早晚上高台,赠我江南春色、一枝梅。"

清平乐·英雄

今来数数，

多少英雄路。

拟把新词成好句，

陌上曾经归去①。

我来此处谁知，

钟声不过十里②。

许下千秋情义，

此番不辨雄雌！

——秋夜于沪七宝寺③

---

① 取自吴越王钱镠诗句"陌上花开，可缓缓归矣"。
② 七宝寺尒来钟有一个传说，相传很久以前，七宝连降七天七夜的暴雨，河水猛涨。一天夜里电闪雷鸣，降下一口钟。一位高僧缓缓走来，说道："这口钟暂不可以敲，必须等到三天三夜之后试钟。"大家疑惑之时，寺里有个小和尚好奇心切，忍不住拿木鱼敲响了大钟，顿时钟声深沉浑厚，不绝如缕。那位高僧匆匆忙忙赶了回来，非常惋惜地对大家说："这口钟是用金、银、铜、铁、锡五金的精英所铸，我走多远，钟声也能传出多远，我本来打算三天之后走出千里之外，你们再敲钟，钟声就能传千里，可是现在我只走了短短二十里路，你们就敲响了它，现在这口钟只能声传方圆二十里，也就只能保佑七宝一方的平安了。"
③ 七宝寺始建的确切年代已不可考，据明万历十八年（1590年）所撰的《重修七宝寺大雄宝殿碑记》中说"溯其创始之代邈不可稽矣"，《松江府志》和《青浦县志》这样记载："七宝故庵也，初在陆宝山。吴越王赐以金字藏经曰：'此乃一宝也'，因改名七宝。"七宝之名，因吴越王钱镠赐金字书《莲花经》后，更名为七宝。

上海七宝寺一景

题记 夜半灯下读书,进入民国时期的情境,想到秋瑾等一些民国时期有风骨的女子,我一直以她们的知音人自居,故作此篇。

念奴娇·民国

百年风雨,

小楼里,

灯下轻翻札信。

辗转三番,

谁寄予、流水淘涤未尽。

句句浓愁,

双双泪眼,

怜罢心儿近。

知她遗韵,

瘦腰堪比锋刃。

最是时下风华,

乱离惊四起,

迎头难认。

过海漂洋,

常告我,

揉碎一江乡讯。

隐隐中原,

夷我家院外,

两尊石印。

一尊革命,

一尊喧扰国运。

——丁酉夏夜

题记 世人皆将七夕相逢看作一个美丽故事,往往在这一天有很多美好的回忆。我从另一个角度认识七夕,认为这个"重逢日"之外是漫长的离愁。故,作七夕数首。

鹊桥仙·七夕(一)

那时风月,

那时甘醴,

醉倒方堪回忆。

怎就成、隔便整条河①,

过不了、人间情事。

征途佩剑,

辞别怅吟,

应料归来老矣。

问牛郎、盼这段重逢,

除此外、如何度日?

——己亥七夕于任城

---

① 指银河。

鹊桥仙·七夕（二）

天衣云锦，

痴牛驿马，

机杼声声暗泣。

仙姝浴水本无期①，

又何必，

偷衫相戏。

银桥鹊引，

汉皋遗佩②，

幽恨人间重记。

相逢一醉再别离，

自此后，

常将君忆。

---

① 指七仙女下凡的故事。南宋《方舆胜览》记载："海陵西溪镇，汉孝子董永故居。"西溪镇北有一水塘，叫"凤凰池"，昔日池水碧波荡漾，清澈见底。传说王母娘娘的七个女儿常来此沐浴。
② 相传古代郑交甫于汉皋遇二女，与谈，二女解所佩之珠赠之。分手时回望，二女已不见。事见汉刘向《列仙传·江妃二女》。

鹊桥仙

欲行还罢,
将安又起,
长恨银河迢递。
嗔言朝暮不堪惜,
暗揉碎,
寒光一地。

除非论是,
记情取意,
动便温言半纸。
独钟盟誓向将军,
料未换,
这身甲衣。

如梦令·别后春秋（一）

别后春秋依旧，
千古风流重又。
借问兖州城，
今夜几分更漏？
空瘦，空瘦，
一阵冷风盈袖。

如梦令·别后春秋（二）

别后春秋怎度，
未肯等闲分付。
最怕又重提，
忘了那时来路。
休负，休负，
是我是卿如故。

题记 己亥年春，在曲阜郊外遇一枯枝梨花，梨干苍老遒劲，梨苞枝头待放，遂作此篇。

如梦令

春重冒眉吹皱，
情怯锦心厮守。
近处费思量，
不肯向君开口。
身瘦，身瘦，
花事怕人猜透。

——己亥春于曲阜

题记 一日到泗水一乡间去,这里山水环绕,梨花绽放,很是幽静。面山品茶,惬意好比在江南。

临江仙

洗尽天涯无限事,
泗河深处炊烟。
客来遣使醉花仙。
清茶三两盏,
勿使忆江南。
为问征程添几许,
英雄一意回还。
赢得春信话开轩。
千城无好色,
不若面青山。

——戊戌春于泗水

题记 春日我到金乡羊山,在童方明先生的引领下,看到一片油菜花海,油菜地如同一位良家贤妇,容仪皆美,风儿吹过,很是生动。正是寒食时节,此起彼伏的油菜如同当时陌上归来的简王妃的轿帘。油菜花籽榨油,惠泽于民生,故有此赞。

油菜花

春风裁就地罗衣,
笑问谁家举案妻[①]。
容色香氛相映好,
风情淑懿[②]自修持。
思归陌上帘旗动,
属意君王御笔题[③]。
身为万家甘瘦尽[④],
知君来处近寒食。

——戊戌春于羊山

[①] 将油菜花比喻为一位贤妻。
[②] 淑懿:美好的德行。汉王充《论衡·自纪》载:"宗祖无淑懿之基,文墨无篇籍之遗。"
[③] 风吹动油菜花,像轿帘在动。吴越王钱镠致书简王妃:"陌上花开,可缓缓归矣。"
[④] 瘦尽:指油菜籽榨油这个环节。

题记 我到济宁城外郊游，遇向日葵，为其节守和向阳的特性而作此篇。

向日葵

生为持节守一方，
非关雨露话凄凉。
黄花何处无明日，
似此丹心只向阳！

——丁酉夏

浣溪沙

坐对黄昏斜日分，
闲敲窗下耳杯温。
梢头疏影似轻身。
梅色尝知因数九，
静音可待向秋深。
折枝也问寄谁人？

——丁酉夏夜

题记 朋友赠我墨兰一幅,我向来喜兰,作小诗以谢。

兰

花事从来自主张,

不因风露费思量。

相知总在无人处,

识尽离骚是断肠[①]。

——丁酉暮春

薄浮雕竹石图

[①]《离骚》载:"扈江离与辟芷兮,纫秋兰以为佩。"作者屈原,中国历史上一位伟大的爱国诗人,中国浪漫主义文学的奠基人,"楚辞"的创立者和代表作家。屈原在《离骚》《九歌》《九章》等许多诗篇中,都对兰花寄予无限的希望,以表自己洁身自好的情操。

题记 一日在南池公园作公开演讲,无意间看到一块大石上纷纷的落红,遂有所感。

湿罗衣·落红

沧桑只肯向东君,
罗衣更敛情深。
花事方了,幽恨重分。
凉石冷落此心,泪纷纷。
飞杨不问,柳绵不问,又近黄昏。

——丙申春于古南池

题记 曾与龚瑞东先生、孙玉才先生、何岱新先生等行至南阳,到江心采莲。在这个过程中,所思甚多,感叹渔夫的辛劳、莲之漂泊的身世。莲在广阔的水域中生长着,谁又能真正认识到它的卓尔不群,所谓"出淤泥而不染,濯清涟而不妖"呢?尤其想到残荷,其品尤为高洁。

涉江采芙蓉

涉江采芙蓉,误入水中沚①。

伞盖②正亭亭,离岸一百里。

渔夫虽甘劳,安忍攀折起。

过头③丰且盈,遥问几知己。

浮沉自飘蓬,泥淖无根蒂。

久居不染身,本为凌波子④。

采持应向谁,俯仰凭一洗。

待得晚秋来,残荷最堪忆。

——采莲于南阳

---

① 水中沚:水中央的小块陆地。《诗·秦风·蒹葭》载:"宛在水中沚。"
② 伞盖:荷叶。
③ 过头:莲蓬很成熟,高高地擎起,压弯了莲头。
④ 凌波子:荷花、水仙等水养花卉的别称,比喻其高洁。

宋　牧溪　荷叶图　根津美术馆藏

题记 2016年,来自103个国家的留学生到尼山游学,我有幸与他们交流射礼、弓箭制作及射箭等内容。我虽女子身,长领志士情,作此篇。

射 箭

英雄不以雌雄论,

敢握花拳御矢弓。

常领眉峰从玄鹤①,

也曾凤眼向苍鹰②。

养叔单羽诛名将③,

潘党三发叹柳风④。

汉室儿男千百万,

几人杯影怕相逢。

——丙申夏于尼山

---

① 玄鹤:黑鹤。汉朝司马迁曾在《史记·乐书》中记载:师旷援琴时,"有玄鹤二八,集乎廊门"。晋朝崔豹《古今注》中说,鹤千岁变苍,又千岁变黑,称为玄鹤。指看得高远。
② 凤眼向苍鹰:指女性也可以有大的志向。
③ 养叔:养由基,字叔。春秋时楚国将领,神射手,有百步穿杨之能。楚庄王时,令尹斗越椒叛乱。楚庄王张榜招贤,养叔与斗越椒斗箭。斗越椒连发三箭都没射中养由基,养由基起手一箭便将斗越椒射死。士兵们大呼"养一箭"。楚庄王信守承诺封他为令尹,成为楚国将领。
④ 《战国策·西周策》记载:春秋战国楚共王时代,有两个非常擅长射箭的弓箭手——养由基、潘党。有一天,养由基与潘党比射箭,选了三片柳叶,不但在柳叶中心涂上黑色,而且注明一、二、三等符号。养由基瞄准柳叶上的墨道和符号,然后搭弓上箭,依着一、二、三的顺序,箭箭命中,百发百中,虽然潘党也同样能做到,但是养由基能一箭射穿七层甲,而潘党做不到,只能徒叹,甘心做第二。

题记 此诗因梦而起,梦中的飞将军李广非常神勇,而荆轲、项羽却很悲凉,梦中还有身老军营的老将军和将要出征的新军士,以及长城内外的烽烟。这是一个各种人物充斥其中的从军报国梦。

挽弓五更转[①]

一更君远巡,泣下沾罗襟。

何时强虏灭,常忆飞将军[②]。

二更习武学,萧萧易水波[③]。

挽月从旌阵,箭羽未剪截[④]。

三更戍帐风,须臾白发翁。

削竹搭弦久,引颈望雕弓[⑤]。

四更银汉空,拱手辞先生。

寒光出镞刃,聊持欲北征。

---

① 五更转:五更调,中国民间小调名,又称"五更曲""叹五更""五更鼓"。歌词共五叠,自一更至五更递转咏歌,故又名"五更转"。此调起源较早,用调亦甚广。南北朝时乐工采自民间,南朝(陈)伏知道曾填《从军五更转》。
② 飞将军:李广,中国西汉时期的名将,神勇善射,战功卓著,匈奴畏服,称之为飞将军。司马迁评价他是"桃李不言,下自成蹊"。
③ "风萧萧兮易水寒",出自诗歌《易水歌》。《战国策·燕策三》载,荆轲将为燕太子丹往刺秦王,丹在易水(今河北省易县,战国时期易水以北为燕国、易水以南为赵国)边为他饯行。高渐离击筑,荆轲和而歌曰:风萧萧兮易水寒,壮士一去兮不复还! 苍凉悲壮。
④ 比喻把弓拉成月状,但是弓箭并没有使用上,功未成,志未酬。
⑤ 指望弓思战。宋苏轼《江城子·密州出猎》载:"会挽雕弓如满月,西北望,射天狼。"

五更刁斗鸣①,饮马过长城。

的卢充矢备,遥悻汉家营②。

——丙申秋

薄浮雕

① 刁斗:汉晋时期的一种军旅炊器,又名"金柝""焦斗",铜质,有柄,能容一斗。白天可供一人烧饭,夜间可以敲击以巡更。《史记·李将军列传》载:"不击刁斗以自卫。"唐杜甫《夏夜叹》载:"竟夕击刁斗,喧声连万方。"
② 的卢:三国时期刘备的坐骑,其奔跑的速度飞快。宋辛弃疾《破阵子·为陈同甫赋壮词以寄之》载:"马作的卢飞快,弓如霹雳弦惊。"汉家营:指我军。唐杜甫《八月十五夜月二首》载:"刁斗皆催晓,蟾蜍且自倾。张弓倚残魄,不独汉家营。"

题记 济宁竹竿巷在古运河沿岸,主要经营一些竹器、皮货等,曾经很繁荣,而今依旧有一些老匠人在坚守着。一日,我向一位八旬老人询问做弓事宜,他认认真真地教了我制作弓箭的每一个环节、工艺和注意事项。看得出来,他很开心,不停感叹着:"这些手艺很快就要失传了,现在的年轻人都不感兴趣了。"言语中透着无限的伤感。我学了这门手艺,并且在弓身上认真地雕上一些字。

雕 弓[①]

惜哉巷深寒鬓影,
守独安肯负良弓。
三分入木肝胆尽,
两度雕虫慰赤诚。
灵宝应属飞将有,
轩辕还应霸王封[②]。
谁言女子难承技,
也领匠人一段风。

——丙申夏

---

① 雕弓:刻绘花纹的弓。汉司马相如《子虚赋》载:"左乌号之雕弓,右夏服之劲箭。"
② 灵宝、轩辕(乾坤)皆是名弓。"灵宝弓"为飞将军李广所持。"轩辕弓"本是轩辕黄帝所铸,在《封神演义》中又名乾坤弓,为李靖所用。

济宁竹竿巷　梁山东拍摄

题记 戊戌夏,至河北雾灵山潘跃勇先生的别苑,与谢安庆教授观山,这里仙山重雾,气象非常。与友人登山,是时,下起了雨。山中流水潺潺,瀑布飞流直下,飞琼碎玉一般。作诗数首。

诉衷情·真君

飞身一跃两千寻,
如意赠斯人。
浑然不怕稀碎,
还见那、玉石心。
流水恨,
远红尘,
又黄昏。
盛名涤尽,
上善堪分,
是也真君。

雾起灵山

经年不见水兵来，

叩响山门布阵开。

仰望千寻谁遣至，

回眸百里少人差。

雾灵猎豹先领引[①]，

护卫双猿[②]挽臂抬。

洗透纱衣夺伞盖[③]，

脱胎唤我量身裁。

雾灵山瀑布一景

[①] 雾灵山一朝下雨，瀑布如洪水般奔流而下，不可遏止。山上行人稀少，是谁排的这阵势呢？在远处的山顶，出现了非常形象的猎豹的云形，似乎是它在引领这场洪流。
[②] 在雾灵山下，有两座山峰叫双猿峰，左右各一座，很形象。
[③] 风雨很大，走在山间，伞盖被吹翻，衣服被淋透了。尽管如此，乐亦在其中了。

雾灵星夜

叠黛闲庭次第烟[①],

开窗望断雾灵山。

燕京据此幽深处,

帷幄河山北口关[②]。

忍打芭蕉如惺目[③],

酣听夜雨洗妆颜。

风雷达旦犹嗟叹,

谁遣星光布满天[④]。

瀑

铁骨从来迎风立,

气华何必世人夸。

纵然直下无归路,

欲把身家付道家。

——戊戌夏于雾灵山

---

① 住在雾灵山的山间别墅,雨停之后,推窗来看,层层叠叠的近山远山层次分明,烟雾缭绕,很是壮美。
② 雾灵山位于河北省北部承德市兴隆县,历史上曾称伏凌山、孟广硎山、五龙山,明代始称雾灵山。到明代,雾灵山为边关重地。刘伯温巡视边陲,评价此处为"雾灵山清凉界"。雾灵山为国家级自然保护区,森林覆盖率高达93%,主峰海拔2118米,为燕山山脉高峰之一,素有"三里不同天,一山有三季"之称,为京津生态屏障。
③ 雨打芭蕉,如同美人惺松的睡眼。
④ 指雾灵山出现星雨同天的景象。夜间下着小雨,突然之间繁星闪烁,令人感叹。

题记 初见秋凉,独自于小楼中读诗,渐觉一丝清愁,作此篇。

湘妃怨·秋凉

旧诗未了旧诗忧,

初见无情初见秋。

长别最怕长别后,

西风偏向西楼,

许一时,占满心头。

悠悠前言忘,

郁郁曲调收,

几度清愁?

宋　佚名　楼阁图

题记 友人赠荷叶茶,取其入杯,观其形态变化,想到荷塘里荷花的本来样貌,想到知音对饮的闲适,故有此作。

湘妃怨·秋

荷叶谁裁,

暗结几寸衷肠[1]。

捻碎西风,

饮中悄下清凉。

归来待看,

应知我、淡了红妆。

不如酬唱,

此番醉倒横塘[2]。

何处生香,

等闲借与时光。

闻醉东坡[3],

邀来吩咐宫商。

共君把盏,

道人间、忘却何妨。

来年无恙,

淹留西子风光[4]。

——戊戌冬

---

[1] 荷叶茶未入杯前捻卷的形状,以衷肠作比。
[2] 茶香沁心,如同醉倒在池塘边。
[3] 这份香似乎把苏东坡也醺醉了。
[4] 由此想到了西湖,期待有朝一日可同朋友共游西湖。

题记 一个月夜，读书时，一幅古代才子佳人图呈现在眼前。图里才子、佳人没有太多语言，却又相互牵挂着。放下书要入睡，我又怕梦里碰见这情景。这一日便似三秋一样漫长。这是我对古代真情的一种描写和怀念。

眼儿媚·知音

悠悠真意最难酬，

牵挂各人留。

不需小字[①]，

也无问候，

月影帘钩。

悄关嘘探知寒否，

事事上眉头。

推书怕见，

枕间一宿，

梦里三秋[②]。

——戊戌冬

[①] 小字：细小的字。古人书在红笺上的小字，表示情感。宋晏殊《清平乐·红笺小字》载："红笺小字。说尽平生意。鸿雁在云鱼在水。惆怅此情难寄。"
[②] 三秋：指三年，比喻度日如年。《诗经·王风·采葛》载："彼采葛兮，一日不见，如三月兮！彼采萧兮，一日不见，如三秋兮！彼采艾兮，一日不见，如三岁兮！"

题记 己亥年冬,身在病中,心中忧虑,有时候会捻着一瓣干花,把它的纹路都抚平。每日懒于梳妆,岁月却一天天流逝着,身体越发瘦削。

眼儿媚·落花

病身终日怕凝眸,
望处只添愁。
拈来红萼,
抚平残皱,
已过时候。

锦心重裹无从绣,
对镜懒梳头。
来期未定,
归期又到,
偏是瘦休。

——戊戌冬

苏州平江路街景

题记 三阕《忆江南》描写了一个女子从恋爱到结婚,到情尽,再到实现内心自强的一个过程。

忆江南(谢秋娘)[①]

(一)

君知否,

初见谢秋娘。

起坐和羞心下怯,

相窥不肯细打量。

执手意惶惶。

(二)

君知否,

和泪谢秋娘。

眉殢寒霜花事了[②],

月残更漏意先凉。

魂梦两茫茫。

---

① 《谢秋娘》是唐教坊曲名,后用为词牌,又名《望江南》《江南好》等。唐段安节《乐府杂录》载:"《望江南》始自朱崖李太尉(德裕)镇浙日,为亡姬谢秋娘所撰,本名《谢秋娘》,后改此名。"自唐代白居易作《忆江南》三首,本调遂改名为《忆江南》。此处谢秋娘,不仅指词牌名,也指词中主人公。

② 此句指眉间滞留着寒霜一般,无法舒展,表示愁重。

(三)

君知否,

依旧谢秋娘。

为荐生年酬日月,

不将此身藉蜂黄[①],

终日为蝶忙。

——己亥秋夜于任城

[①] 蜂黄:古代妇女涂额的黄色妆饰,也称花黄、额黄。唐李商隐《酬崔八早梅有赠兼示之作》诗曰:"何处拂胸资蝶粉,几时涂额藉蜂黄。"此处指不要使自己为了一个像蝴蝶一样不专情的人再做无谓的努力和纠缠。

忆少年

一入三更月半醺，
恍惚年少亦堪寻。
那时心下从英烈，
至此频斟壮士樽。
循道于斯谁路遇，
夜缘深处影为真。
不知什锦盘中物，
但见当初碾磨人。

——戊戌秋夜于任城

题记 时已秋凉，游至北湖，感周围环境，体人间情感，至晚方回。独坐书桌前，寒意难消，故作词两首。

玉蝴蝶·北湖秋

望处日高秋晚，

谁裁素练，

湖色方闲。

抱憾凉蝉[1]，

留这百尺云天。

露愁长、袖襟偷沾，

天渐冷、花瘦堪怜。

这时节。

怕人先问，

举目三缄[2]。

斯年。

蒹葭雁远[3]，

月轩明照，

---

[1] 凉蝉：秋蝉。隋江总《明庆寺》诗曰："山阶步皎月，涧户听凉蝉。"
[2] 三缄：闭口不言。指心里有事，却不能言。
[3] 蒹葭：《国风·秦风》中的一篇。原诗表达了一种求贤人不得或求爱人不得的情思。此处表示怀人。

忘却人间。

意满离觞,

醉邀一酹敬江山。

怨迁鸿、不思来路,

向北国、空误寒暄。

最无端,

恨别愁下,

静影孤单。

——戊戌寒露于太白湖畔

江神子·寒风忽至

忽闻窗下有人敲。

夜风高,柳空梢。

推搡一番①,

不肯把书抄。

无信相邀欺日短,

寒露过,又三朝。

抱残②也拟守清操。

影萧萧,意迢迢。

帘卷时候,

瘦尽是妖娆。

便是西风呼啸至,

形易槁,骨难销。

——戊戌秋于任城

---

① 推搡:表示窗外风吹枯柳枝,来回摆动。也表示室内作者想拿书来读,拿起又放下,心里无法安宁的一种状态。
② 抱残:表示秋菊。宋苏轼《赠刘景文》载:"荷尽已无擎雨盖,菊残犹有傲霜枝。一年好景君须记,正是橙黄橘绿时。"

题记 我自诩为运河女儿，为成长在这片水土上而深感满足和自豪。我对运河有着深深的情感。一日，与朋友沿运河游览，一路有感而作诗词数首。

长歌行

大矣运河水，

奔流动地川。

去留既无意，

何事使愆延。

此身不入海，

南下复北还。

俯仰成陈迹，

倏忽日已寒。

晷[①]非容情物，

岁亦不复旋。

多少桃源记，

适彼武陵田。

慷慨如弃我，

转蓬休怅然。

功名何足道，

千古只一言。

[①] 晷：指日影、时光，也是古代用来观测日影以及定时刻的仪器。在戴村坝设有日晷广场。

来处本混沌，

归去向自然。

——丁酉暮秋于运河戴村坝

运河戴村坝

天高北望气如山，

汶水相接已等闲。

交好两河无你我，

三分壁垒定东原[①]。

纵然虎啸波涛至[②]，

敢使玲珑宝剑悬[③]。

筑鼎开颜舒阻涉，

通达忍就下江南。

[①] 戴村坝分三部分，从南向北依次为主石坝、太皇堤和三合土坝。三部分既各自独立，又相辅相成，互为利用，互为保护，形成了"三位一体"的独特布局。从整体上看，既借鉴了都江堰的原理，又有自身特色。东原：东平，古称东原。
[②] 戴坝引汶河水至，虎啸奇景，激流飞瀑，长虹卧波，蔚为壮观。
[③] 修筑大坝时，宋礼等人征调大批民夫，动用无数能工巧匠，克服了道道难关，终于修成了一条长5华里的全桩型土坝，每遇重运，聚沙为堰截水南流，伏秋大汛任其冲刷。天顺五年（1461年）增筑培厚，此后连年增土培护，百余年未有大动。万历元年（1573年）侍郎万恭垒石为滩，未及两年冲毁，再筑土坝。万历十七年（1589年）总河潘季驯在北端筑石坝，名曰玲珑坝。万历二十一年（1593年）尚书舒应龙在南端筑石堰防冲，名曰滚水坝，中留石滩泄水，名曰乱石坝，自此形成一道三坝连接的拦河石坝，明清后统称为戴村坝。当登上南端坝台时，举目北眺，不禁为这一古代建筑而感叹。长400多米的大坝，从南向北伸去，像巨蟒，若长龙，横卧清汶两水之间；如巨剑，似铁壁，把清汶两水豁然分开。

天子慨叹是天工[①],

呼客鱼儿再上船。

构树不谙谴绻意[②],

此身应为解倒悬。

民夫自古怎堪负,

沙砾能浇铁臂滩。

鉴镜一开成大运,

千击万砺自岿然。

——丁酉暮秋于运河戴村坝

[①] 戴村坝凝聚着古代劳动人民无数的血汗与智慧,是我国水利史上的一大壮举。虽历经数百年,任洪水千磨万击,至今仍岿然不动。自称通晓水文的清康熙皇帝也不得不叹服:"此等胆识,后人时所不及,亦不能得水平如此之准也。"民国初年,荷兰水利专家方维亦十分敬佩地说:"此种工作,当十四五世纪工程学胚胎时代,必视为绝大事业,彼古人之综其事,主其谋,而遂如许完善结果者,今我后人见之,焉得不敬而且崇也!"
[②] 构树:别名楮桃,为落叶乔木。中医学上称果为楮实子、构树子,与根共入药,功能为补肾、利尿、强筋骨。在戴村坝附近种有此树。

东平戴村坝一景

声声慢·龙山书院遗迹[1]

苍苍莽莽,浩浩泱泱,

离离诉尽苦楚。

旧日藤萝无主,殿堂成墟[2]。

三王[3]纵愁万里,

已经年,怎生叮嘱。

便罢了,任乡人,

刨遍遗碑深处。

漫野横枝拦路,今怕是,

山长[4]未能轻许。

叩问残碣,花落可留温语。

携书忍将归去,

废兴间,忘怀荣辱。

莫劝我,此一时,伤透千古。

——丁酉暮秋于龙山书院原址

---

[1] 龙山书院建于元至元三十年(1293年),一向颇负盛名,历史上有许多著名学者在此主讲或就读,蜚誉各地。但书院建筑已毁,仅存残迹。
[2] 龙山书院有幽深奇邃的窟洞,古老别致的建筑群。有诗赞曰:"有史以来不记年,万代第一是龙山。诸君舍弃皇宫院,却奔深山住茅庵。龙山圣井甘泉水,天王殿侧建书院。藤萝乌柏遮天日,松柏常青伴春天。"
[3] 元代"世称三王"的文学家王构、王旭和曾任东平学正的王磐,都担任过龙山书院的主讲。
[4] 山长(zhǎng):历代对书院讲学者的称谓。废除科举之后,书院改称学校,山长的称呼废止。

寻龙山书院

萦怀草长又一年,
袜刬①休言半路还。
无我缘深成久待,
焉知此处是龙山。

——丁酉暮秋于龙山

卜算子·运河遣怀

无绪遣攒眉,
极目人堪度。
最是无情水自流,
相去轻轻负。

豆雨②疾风归,
草木枯荣处,
此句应向谁倾诉,
忘却来时路③。

——丁酉秋于任城

---

① 袜刬:袜子脱落,指寻找龙山的山路极其难走。
② 豆雨:雨大如豆。
③ 指人生如同流水,向东流去,不会复返。

无盐女[1]

风高深柳遣谁栽,

水漫轻纱远乐哀。

兵甲虚陈盛夜酒[2],

虎狼秦楚早窥怀[3]。

采桑应使出篱舍,

未料铁蹄首邑开[4]。

怒指朝堂荒饮殿[5],

初惊高渐醒拆台。

羞花闭月[6]我非有,

武略文韬倒海来。

扫却胭脂齐女泪[7],

遍着泥色向红腮。

战国不免风云起,

大治春秋一页裁。

---

[1] 无盐女,复姓钟离,名春,字无盐(一说名无盐),齐宣王之妻,中国古代四大丑女之一(其他三位是嫫母、孟光和阮女),但很有才华。
[2] 指齐国的兵士怠于战事。
[3] 战国中期,战争频繁,各国之间互相为自己的利益而发动战争,秦国又有虎狼之心。
[4] 传说,钟离春自小跟随父亲舞枪弄棒,习《易》,和村中约三百名姐妹经常一起采桑、习武。赵军经常骚扰、抢掠家园,钟离春率众姐妹抵抗,守卫家园。
[5] 钟离春谏齐王:"赵国陷我鄄邑,大王却闭塞不知,而是身边左俳右优,长夜沉湎酒色,危险呀,危险呀,愿大王尽快驱俳优,逐佞臣,进贤人,治国家。"
[6] 羞花闭月:"羞花"指杨贵妃的颜容使得花儿害羞地低下头。"闭月"指貂蝉的美貌把月亮比下去,让月亮羞得躲在云后面。
[7] 齐王听取钟离春劝谏,命她为无盐将军,收复鄄邑,功成后封为娘娘。至今,无盐村还有娘娘庙。

无盐将军曾使义,

此间犹记此风哉。

——丁酉暮秋于东原无盐村

无盐村一景

运河闲吟

天若有泪惹黄昏，

滴到河边问故人。

波动三褶裙透地，

搅扰人家狗吠勤。

久居船头鱼作米，

喂肥河雁成家禽[①]。

浮游不是鸳鸯浦，

出水可见交颈亲。

言道本是渔家女，

水到几时冷变温。

罗带携来纤腰舞，

映下重云入双襟[②]。

未知此身何所命，

难料十里有风云。

汤汤东去本有数，

轰轰载物古到今。

回头原是还乡路，

镜中已非旧时人。

[①] 渔家以船作家，在船上养狗，以鱼作日常主食，河边的鸟像家禽一般休憩。
[②] 放眼望去，运河蜿蜒直下，天上的云映在水中，这幅美好的画面宛如一个美丽的女子一样羞涩袅娜。

乌云征夫应者众,

挑起战旗卷风尘①。

河鲫匆匆来告我,

垂竿不应此时伸。

何当天劫复人祸,

此身不过小儿孙②。

运河女儿应有义,

唤来大叔早回村。

待得风和天晴处,

再来与我戏三分。

君不见,

九尺身长接南北,

寿在七百尚有旬③。

凄风岂独斯时有,

奔流依旧当年心。

凭临肯卸红尘事,

若需满劫传法音。

净荷非是此间有,

---

① 一时狂风大作,布满乌云。
② 此句以鱼儿自述的方式来表达,意思是鱼儿恳求垂钓者:"我们都还是小鲫鱼,不要把我们钓走。"
③ 把运河比作一位年高身长的长者。运河全长九百多公里,济宁段的历史有七百多年。

紫气还应向南寻①。

渔家撑杆晾衣晚,

不知苍茫竟纷纷。

洞察疾苦船作岸,

雨雪未必肯叩门。

但得人生知来处,

莫问无情有几分。

鸡犬最懂冷暖事,

阴晴共话百年身。

——丁酉秋雨夜

济宁运河一景

① 此段运河向南去是济宁南池,有"南池荷净""紫气东来"的祥瑞景观和传说。"南池"是指"王母阁",原名"古南池",建于唐代开元、天宝年间,位于现在济宁市城南王母阁路西侧。据《济宁直隶州志》记载:"王母阁在南关外,周围皆水,一阜屹然中立……取西望瑶池,东降王母之意,遂以名阁。"《济宁县志》记载:"古南池在城南三里许小南门外,小南门即故城也。地周二三里许,内有王母阁,阁西南水中有晚凉亭,夏日荷花盛开时,清香袭人,而白莲尤胜,每有游人宴于是。旧有杜文公祠,祀李白、杜甫、贺知章三人。后从州人李毓恒议,并祀许主簿。"

运河魂

沟壑焉能沉志士，

通达南北载人还。

运河儿女应存念，

血气东流四百年[①]。

——丁酉夏于通州念李贽[②]

[①] 李贽去世距今四百余年。李贽（1527—1602年），明代官员、思想家、文学家，泰州学派的一代宗师。
[②] 李贽曾客居通州而有诗云："只在此通州，此地足胜游。清津迷钓叟，曲水系荷舟。面细非燕麦，茶香是虎丘。今宵有风雨，我意欲淹留。"其友马经纶，进士出身，曾任监察御史，在李贽身亡后，将李贽葬于通州。汤显祖闻讯写下悼亡诗《叹卓老》："自是精灵爱出家，钵头何必向京华。知教笑舞临刀杖，烂醉诸天雨杂花。"

大运河南旺分水枢纽[①]感怀

自疑身是河家女，

常使心旌向碧波。

唐吏望驰乏巧算，

元工观遏几蹉跎[②]。

仰高三百遗村坝，

遥览千余赖汶河[③]。

庙址萋萋人罕至[④]，

欲归但见小村哥[⑤]。

——丙申暮冬于汶上南旺运河分水枢纽遗址

[①] 元代开凿京杭大运河，南旺作为大运河的"水脊"，成了运河畅通的关键。明朝初期，工部尚书宋礼和汶上民间水利专家白英经过勘察，在戴村坝建分水工程，使汶水西行，从南旺入运河，七分向北流，进入漳、卫；三分向南流，进入黄、淮。该工程具有高度的科学性，是我国京杭大运河史上的一个伟大创举。现有南旺运河分水枢纽遗址。

[②] 南旺"引汶济运"水利工程，以漕运为中心，疏河济运、挖泉集流、蓄水济运、泄涨保运、增闸节流，科学地解决了引汶、分流、蓄水等重大复杂的技术和实践问题，从而保证了大运河畅通无阻。即使在今日，也不失为妙手之作，堪称世界水利史上的一大范例，具有很大的研究和借鉴价值，其科学性可与中国古代的灵渠和都江堰相媲美，其建坝设闸的原理和世界上著名的巴拿马运河以及我国兴建的葛洲坝工程都有相似之处，古人评价它"真令唐人有遗算，而元人无全功"。就连精通水利知识的康熙皇帝也褒奖说："朕屡次南巡经过汶上分水口，观遏分流处，深服白英相度全之妙。"

[③] 京杭大运河在汶上县南旺地段是一个制高点，因水浅难以通航，但是，汶上县北境的大汶河却水源丰富。而大汶河上的坎河口地势高于南旺三百余尺，在坎河口修筑戴村坝，截住大汶河之水，又从戴村坝至南旺分水口开挖一道八十余里长的小汶河，这样引汶济运，才使得南旺段运河有了足够的水源。

[④] 从朝廷到民间，都对白英的贡献给予极高的评价，并把白英封为永济神，荫封后代，在南旺陆续修建了以分水龙王庙为代表的颇为壮观的建筑群。乾隆六次南巡，每次都为该建筑群留诗写词。毛泽东在了解南旺分水工程时，也曾发出由衷的赞叹。但是，如今这里人迹罕至，一片萧凉景象。

[⑤] 待转身归去的时候，远远望到村中的一个小男孩在遗址的远处。

题记 近年来工作繁忙,我常常奔波于家乡和外地,每次回来也经常已夜深人静。世间的烦扰往往在轻言温语的嘱咐和冒着热气的一碗汤中归于安宁和静好。可是,下一次回来也许又是深更。怀念那温暖了人生的每一个深夜的一碗汤。

鹧鸪天

暮色常因对影重①,
夜阑偏向送别惊。
八千纷扰调羹共②,
一缕熏风和梦清。

从别后,怕相逢,
山长无奈意双生。
言到深处叮咛切,
只恐重逢对五更。

——戊戌夏于北京

---

① 重(chóng):重叠在一起。
② 指世间的纷扰如同手中的羹匙搅动碗中的汤水一般。

宋 马远 梅间俊语图 波士顿艺术博物馆藏

醉太平·雪夜

情长意浓,

鬓苍眉轻。

敲窗飞雪三更,

有叮咛数声①。

西风怕惊,

寒庭倚空。

挂炉②辞梦天明,

再相约几程。

——戊戌冬夜

---

① 将飞雪拟人化,簌簌而下似夜半敲窗,叮咛着晚归人。
② 挂炉:挂着的小火炉。

题记 太白湖位于济宁的南部,原名北湖。十几年前我就经常在湖边流连,那时这里尚是蜿蜒的土路,湖边是几家渔家,那原始的风貌常使我怀念。后来,这里发生了很大的变化,我依旧会经常去看看。就这样用诗词记录下了太白湖的四季。

李白邀赴太白湖

疾风来晚夜叩门,

乘醉谪仙[①]问故人。

渔父[②]茅檐今何在?

焉知应待武陵春[③]。

残 荷

絮心一度付寒冬,

阙月[④]莲头已瘦空。

便是于归[⑤]红褪了,

相知依旧向先生[⑥]。

[①] 谪仙:指受处罚降到人间的神仙,后专指飘逸不羁的李白。
[②] 渔父:此处指原居住在湖附近的渔翁。
[③] 武陵春:借指桃花源。晋陶渊明《桃花源记》载:"晋太元中,武陵人捕鱼为业……"此处表达对原始风貌和世情的一种怀念。
[④] 阙月:不圆的月。唐杜甫《宿凿石浦》诗曰:"阙月殊未兮,青灯死分翳。"
[⑤] 于归:指女子出嫁。《诗·周南·桃夭》载:"之子于归,宜其室家。"《幼学琼林·卷二·婚姻类》载:"女嫁曰于归,男婚曰完娶。"
[⑥] 先生:此处指赏荷的高士。

冬　荷

此际抱残无好色①，
难消兴替已十年②。
高风③忍待秋光好，
不肯躬身作媚颜。

雪　荷

两袖恨别长，
一枝破晓阳。
雪来虽已晚，
清气早凌霜。

---

① 无好色：指冬天的残荷已经没有了夏天的颜色。
② 指太白湖区成立十年，太白湖发生的一些变化。
③ 高风：指冬荷高洁的品性。

如梦令·残荷

新瘦不知何故,
应向残荷聊叙。
也问雪中人[①],
但为冰心[②]一处。
吩咐,吩咐,
休把韶光辜负。

——丁酉仲冬于太白湖

清平乐·春

春风何处,
窥遍无归路,
遥指南行春入户,
不若寻香同去。

清波已动春心,
不需念念桃林,
应向孩童借取,
鸢飞云外难寻[③]。

---

① 雪中人:将残荷看作对话的故人。
② 冰心:诚挚正直的心。唐王昌龄《芙蓉楼送辛渐》载:"洛阳亲友如相问,一片冰心在玉壶。"
③ 指孩童在北湖桃林放飞的风筝飞出很远,几乎看不到。

千秋岁·夏

藕花妆靥,

待嫁心生怯[①]。

潮脸转,

顺眉躲,

忧思堪寄写,

彻骨知情切。

东君[②]问,

几时身委他乡客[③]。

淡月凭湖坐,

漫许清辉落。

酒饮过,

乡难舍,

鸣蝉消永夜,

呼雁捎音过。

少年叹,

知君容色因谁悦[④]。

---

① 将荷花比喻为羞涩待嫁的姑娘。
② 东君:太阳神。
③ 指嫁到他乡。
④ 荷花高洁的品性,不为悦人。

人月圆·秋

北湖清波通千里,

犹记杜工诗。

呼来洗马[1],

噤蝉逆旅[2],

何事能羁?

苇间一梦,

遗声新曲,

度尽才思。

太白题壁,

恐惊饮醉[3],

又忆当时。

---

[1] 杜甫诗《与任城许主簿游南池》载:"秋水通沟洫,城隅进小船。晚凉看洗马,森木乱鸣蝉。菱熟经时雨,蒲荒八月天。晨朝降白露,遥忆旧青毡。"据《一统志》载,南池在济宁东南隅。此诗目前刻在太白湖区域内。

[2] 逆旅:喻人生匆遽短促。唐李白《春夜宴从弟桃花园序》载:"夫天地者,万物之逆旅也;光阴者,百代之过客也。"

[3] 据传,唐天宝年间,李白夜宿黄梅蔡山江心寺,见蔡山独立江中,一寺高耸入云,不由诗兴大发。并于第二日在许家街一酒店题写下《夜宿江心寺》:"危楼高百尺,手可摘星辰。不敢高语声,恐惊天上人。"从此后"许家街"就被人称作"太白街"了。当时,许家街在今太白湖的位置。

渔家傲·冬

一入暮冬经碧洗,
水鸭寒雁遥相戏。
四面冰销温暗替,
几万里,
伤情可待戌年忆。

来此应醉湖色里,
欲愁萧瑟先无计。
纵是残荷惊骨立,
和风起,
料来寒夜无留意。

——戊戌春于太白湖

题记 春游北湖，清波潋滟，桃花夭夭。思接十年前一场义事，终究是留下了遗憾。这时，想起了很多，无数的英雄人物如刘关张、孙策等，还有黛玉葬花的凄凉，灞桥折柳的离情，割袍断义的遗憾……这一幕幕都在眼前闪过。这不是燕赵的桃花源，却是千年仁义腹地。事不能尽如人意，花却年年盛开。唯愿不以物喜，不以己悲！

桃花行

湖内桃花湖外柳，花自夭夭柳自愁。

花容不肯因人异，柳色常拂行人手。

花占枝头梳洗勤，柳易攀折往来频。

涿州桃花灞桥柳[①]，其中真意君知否？

今借柳来赠旧人，人却不知花似谁。

谁点丹朱到眉心，免使混沌黑白均。

无意添得人间色，偏知家国曾三分。

炊烟几尽烽烟起，此行不是武陵春。

耕织阡陌驰战马，琴瑟亭苑起风尘。

孙郎[②]本是吴国主，燕赵园林怎见君。

江河滚滚无穷尽，落花脉脉有知音。

[①] "桃园三结义"是《三国演义》中的故事，刘备、关羽、张飞在涿郡桃花园中结为异性兄弟，后代指意气相投的仁人志士义结金兰。灞桥柳：取自灞桥折柳。灞桥在长安东灞水上。汉、唐时长安人送客东行，多送到此处折柳赠别，表示离别之意。唐李白《忆秦娥》曰："箫声咽，秦娥梦断秦楼月。秦楼月，年年柳色，灞陵伤别。乐游原上清秋节，咸阳古道音尘绝。音尘绝，西风残照，汉家陵阙。"

[②] 孙郎：指孙策。《三国志》注引《江表传》："策时年少，虽有号位，而士民皆呼为孙郎。"

知音已随流水去，案几蒙尘衣断襟①。

焚香徒然惹泪眼，泪眼望花花已残。

几度黄昏英雄事，一别东风又千年。

年年胭脂同昨岁，岁岁行人不相知。

胭脂泪洒烟云地，把酒酹月借花枝。

花枝倚人空对瘦，人瘦花飞月依旧。

也借桃花对月吟，非是斯年葬花人②。

葬花原因无所寄，人魂今已化花魂。

花魂照月人照影，天上人间两昆仑③。

一湖疏影摇碎玉，半袖清风拭宿痕。

见花思君曾因义，花已非花君非君。

——甲午仲春于济宁太白湖

---

① 衣断襟：指割袍断义。"割袍断义"取自"管宁割席"，南朝宋刘义庆《世说新语·德行》载："管宁、华歆共园中锄菜，见地有片金，管挥锄与瓦石不异，华捉而掷去之。又尝同席读书，有乘轩冕过门者，宁读如故，歆废书出看。宁割席分坐曰：'子非吾友也。'"管宁因华歆心神不一，割断席子与之断交。后来形容与朋友断交。
② 葬花人：指《红楼梦》中的林黛玉。
③ 两昆仑：指光明磊落，胸襟如昆仑山。清谭嗣同《狱中题壁》载："望门投止思张俭，忍死须臾待杜根。我自横刀向天笑，去留肝胆两昆仑。"

题记 遇大雪，但又到了去颜母祠祭扫的日子。思及诗经《国风·邶风》中的"北风其凉，雨雪其雱。惠而好我，携手同行"，又思及鲍照的《北风》中的"北风凉，雨雪雱。京洛女儿多严妆"，还有李白仿作的《北风行》中的"黄河捧土尚可塞，北风雨雪恨难裁"，遂作此篇。

北风行

夜行不识路，足下难登攀。

恨剑无锋挥劈不散，沮丧腰带三围力不担[①]。

任城飞雪今初见，轻递耳语化泪沾。

已染腮边三十年[②]，不忍再添残羹寒。

舍此血肉身，顾我一念执着为哪般。

便把半管铅头笔，化作扫帚清庭前[③]。

熬断三更秉烛人，再拨焰火照两番。

空堂在，油尽灯枯成离怨。

安忍见此间，梦醒人幡然。

思服当归见故我，盈盈一笑风雪间[④]。

——戊戌冬于任城

[①] 此两句感叹夜深雪大，难以履行责任，身体一再消瘦，却力有未逮。
[②] 指时值壮年，鬓边已生白发。
[③] 守护、清扫颜母祠（孔子母亲祠堂）。
[④] 指不畏风雪，保留初心，像梅花一般傲立在风雪中。

和葬花吟

春去香消泪初干,落红不念世人怜。
今岁何夕花不算,当年哪个人相牵?
弱柳柔骨荷锄去,借得黄天一抔土。
不忍洁身染世俗,一片芳心与谁叙?
痴情公子暗相窥,锦罗衣袂沾余悲。
两方旧帕遗知心,一段闲话舒颦眉。
堕髻凌乱钗已横,潇湘无言泪成倾。
落地三尺润无声,谁人知侬本是花,花本侬。
朝暮更迭篱下寄,芳菲素洁不可欺。
愿辞污淖空花枝,不为博笑着红绮。
当年扬州一枝春,借居京城无故人。
过眼烟花三月远,北上行舟辞骨亲。
从此孤心度黄昏,夜拨青灯暗伤神。
四更既明人不寐,咳惊侍童见血痕。
痕浸鲛绡成花蕾,留于知音再怜春。
寒塘倚栏鹤飞去,冷月照处有香魂。
昨岁园内群芳秀,皆是红瘦兼绿油。
花开挼花打郎羞,花落葬花知花愁。
一曲红楼音终断,百卉大观人皆休。
人皆休,谁可收风流?
锦囊本是精心绣,愿作花衣入香丘。

是葬花来是葬人，花人本是一缕魂。

当年花去人收葬，今朝我悼葬花人。

此月已非当年月，照进户牖待花期。

一抔新土育新枝，花影人影两不离。

落花

题记 南方春信早，花儿开了。去年说："花开的时候，你再来。"时间如此禁不住等待，花儿，这便开啦！北方的雨淅淅沥沥地下着，这是第一场雨，夜半的屋檐下，竟然没有了鞭炮声，如此寂静。空气中的烟火味，被冲刷干净，蓦然间，一枝带雨梨花……

梨花吟

一曲山坞梨花吟，惊扰村边草木春。
长拨琵琶唱今古，黄莺百啭有余音。
三弦弹穿两千岁，吴侬耳语旧时人。
也经三百六十日，风刀霜剑一样侵。
青衿素裹凌波步，借来青山点峨眉。
不肯巧笑逢人意，也怕抱枝被蝶追。
闲洒云泉月照地，无意欺雪又压梅。
春风初来犹未定，不肯向东西南北随意飞。
相思不凭暗洒泪，冰玉一笑只为君。
幡然独行江南客，大梦太湖到黄昏。
呼个仙人来领路，倏忽身似在浮云。
不见琼楼九霄里，只闻鹤鸣向天门。
衔双如意作贺礼，懵然撞到树山村。
玉屑洒向人间路，宁愿碎了好寄身。
人间本有朱红色，更有一泓碧水新。
流水留意桃花久，真作落花笑她嗔。

泪洒十里休言痛，染遍两腮难染心，
镜花缘里牡丹贵，不过人间一缕魂。
满城披甲见君子，待春来时无处寻。
无处寻，何处是仙根？
山头碎玉落瓦当，飞出山门恋红尘。
花朝相会问是谁，百花丛中品最真。
清香无意传偈语，色不染春春自深。
仙子来寻好复命，醺醺醉倒误清晨。
浣方素笺作手信，王母失神摔玉樽。
琼浆掇来今随分，饮罢再作梨花吟。

——辛丑春于苏州

题记 己亥年的春节是一生当中最畅快的一个节日。因为年前结义一事,愉悦的心情一直持续着,再加上节日的氛围,万物自然与往年不同。作诗词数首以记。

减字木兰花·即景

年年此处,

又是春来人小住。

雀儿欢呼,

不若比邻好结庐①。

那时醉倒,

意气相逢心事了②。

小草轻询,

偷解风声已半醺③。

——己亥孟春

---

① 乡村野外树梢上的小鸟已经筑巢,与人比邻而居。
② 戊戌年腊月二十七与三位哥哥义结金兰,一时兴起,醉倒在济宁城。
③ 和煦的风吹动着刚刚露头的小草,微微摆动着,也似喝醉了一般。

减字木兰花·鸟

莺莺解语,

前后相随安此处。

燕燕双出,

音声相和有似无①。

此间玄妙,

白首不离天不老。

北去南归,

万物存焉是又非②。

——己亥孟春

---

① 《道德经》第二章:"天下皆知美之为美,斯恶已,皆知善之为善,斯不善已。故有无相生,难易相成,长短相形,高下相倾,音声相和,前后相随。"此处表示几只鸟啾啾鸣叫着前后相随地飞来飞去。
② 在自然界中,天冷了燕子南飞,春天又飞回来,这是自然的规律。

天净沙

归来换了年华[①],
近乡依旧人家。
草色争春早发。
一夕别话,
醒来偏又天涯[②]。

——己亥孟春

种 兰

虽存浩气不栽松,
一片痴心与尔同。
嗟叹高材充釜底,
何如孤志耻争功。
开花从未征人意,
花落可曾问世情。
舍外鸟啼惊午睡,
座中君子到晚清。

——庚子夏夜于任城

---

① 指每年回老家一趟,无论是人还是事都会有些变化。
② 在离开家乡的前一夜,会和家人彻夜长谈,因为第二天走后又是远离家乡的人生征程。

夜 思

人生短景怎堪算,

壁上龙泉①待我还。

但见风声光影动,

旋将羽觞送广寒②。

斫来桂树充薪底③,

换却新桃告半山④。

记取茅庐那日客⑤,

已将意气付云天。

——己亥孟春

---

① 龙泉:龙泉剑,又名龙渊剑,始于春秋战国时期,是中国古代名剑,也是诚信高洁之剑。传说是由欧冶子和干将两大剑师联手所铸。秋瑾《鹧鸪天·祖国沉沦感不禁》载:"休言女子非英物,夜夜龙泉壁上鸣。"
② 广寒:指月宫。羽觞:指酒杯。羽觞送广寒:指举杯邀月。唐李白《春夜宴从弟桃花园序》载:"开琼筵以坐花,飞羽觞而醉月。"
③ 把月中的桂树砍下来做釜薪,表达一种快意心情。汉晋以后,中国神话中开始有月中有桂树的传说。
④ 新桃:指春联。这句诗的意思是告诉王安石,人间已经贴上了新的春联。王安石,字介甫,号半山。其诗《元日》载:"千门万户曈曈日,总把新桃换旧符。"
⑤ 指年前在济宁城结义饮酒一事。

金 兰

人生几度醉堂前，
曾记任侠在少年。
齐鲁近来乏义事，
茅庐未料会新兰。
英雄算算今屈指，
宝鼎巍巍始露端。
经传先知轻探取①，
夫子遗训重真诠②。
拈来韬略战犹酣，
一握山河指掌间③。
杯底仰干言未尽，
生平饮罢意更欢。
肝肠欲把来调酒，
两肋双开向腮边④。
梦到午时怕是梦，
和衣瞠目笑阑珊⑤。

——戊戌冬夜于任城

---

① 指对《易经》等经典了如指掌。
② 指深谙儒学。
③ 指运筹帷幄。
④ 把肝肠都拿出来调酒，胸膛开到肋边，比喻肝胆相照。
⑤ 穿着衣服，睁着眼睛看着窗外的灯光直到天亮。

点绛唇

长日闲庭,

东风争惹春衫袖。

饮干残酒,

春意还依旧。

许了多情,

惆怅何时走?

羹调就,

但得春信,

与你折春柳。

——己亥孟春

题记 此篇因友人去外地久久不归,表达思念之情而作。

阮郎归

自君离去意踌躇,
三餐渐不如。
家书总是计归途,
乡音那里疏。

数日夜,又须臾,
腰围剩减无。
从来明月照故居,
悄悄别后孤。

题记 一日还故乡，恰逢春深，故乡的河是清的，月是明的，小路旁的柳树成荫，村外的小狗叫着，引我还家，家门口种下的几株桃树生长得很好——那是为庆祝义结金兰而种。乡间的小路上人不多，白色的柳絮铺了满地，和妹妹话着家常，感叹着人生。故作诗两首。

江城子·乡情

故乡小陌记当时。
柳依依，日迟迟。
犬吠村郭，引我向东篱。
三两桃枝相寄予，
别去后，是相思。

光阴不被少年羁。
草离离，路人稀。
飞絮满庭，席地话归期。
莫待穗儿垂老矣，
芯碎了，案头蓸①。

——己亥暮春于故里

---

① 蓸：细粉状。

点绛唇·静夜

遗①我春风，一江春水清心彻。
那时曾记，对面匆匆过。

石砌桥边，往事曾遗落。
砌不住，衣襟剩把，约了一轮月。

——己亥暮春于故里

故乡　陌上花开

---

① 遗（wèi）：给予，馈赠。

题记 家里移来一株海棠,红红的花蕾在灯光下无比妖娆。想起她曾被苏东坡唤作红妆,我就这样看着,不肯入睡,她一定是善解人意的。而今,我想对着她夜饮一番,任那春风将天幕吹皱。

如梦令·海棠依旧

皆道海棠依旧,
恁的风流身瘦。
解语那时候,
只把夜烛烧透[①]。
添酒,添酒,
一任绛河吹皱。

——己亥春于任城

[①] 宋苏轼《海棠》中有句曰:"只恐夜深花睡去,故烧高烛照红妆。"

题记 大概每一个诗人、词人多少都是会伤春悲秋的。春天看到那可爱的花蕾,秋天捡到一片红红的枫叶,甚至一回眸看到那伸向远处的空空的小巷或者台阶,都会引起一番情思。我想化身为春花秋叶或者薰风明月,不知向何人,说一段思念,诉一段真情。故作词数首。

如梦令·花事

春重胃眉吹皱,
情怯锦心厮守。
近处费思量,
不肯向君开口。
身瘦,身瘦,
花事怕人猜透。

如梦令·秋光

不忍秋光虚度,
怎奈痴心难负。
归去怕人猜,
拈起叶儿轻诉。
休住,休住,
误惹相思两处。

定风波

待春约,柳绿桃红,春来见却又少。
未料东君,悄临槛外[①],梅蕊收心早。
雪融消,杏青小,惆怅匆匆惹人恼。
告我,若容她去也,山高水杳。

此番正无那,争什么,事事投缘好。
向杯中,但把浮华一扫,推与他人了。
醉残更,数黎晓,陈酿忍将岁月催老。
嘱君,不负四月芳菲[②]最好。

——戊戌春于任城

---

① 槛外:红楼梦中的妙玉称为"槛外人",宝玉乞梅,作七律诗《访妙玉乞红梅》:"酒未开樽句未裁,寻春问腊到蓬莱。不求大士瓶中露,为乞嫦娥槛外梅。入世冷挑红雪去,离尘香割紫云来。槎枒谁惜诗肩瘦,衣上犹沾佛院苔。"此处表示一枝梅在墙内栽种,梅枝探向墙外,如这世人,生活在红尘中,却又总有出尘脱俗的矛盾想法。
② 唐白居易《大林寺桃花》载:"人间四月芳菲尽,山寺桃花始盛开。长恨春归无觅处,不知转入此中来。"诗人林徽因于1934年创作了一首现代诗《你是人间的四月天》,表达人间四月的美好景象和人间的爱,深入人心。此处指不要辜负大好时光和人间真爱。

点绛唇·秋声

听尽秋声,
归来慵把帘纱拢。
月羞风动,
偷把心儿送。

最是今宵,
不敢和衣梦。
回眸处,
空阶怕剩,
唤了无人应。

——戊戌秋

题记 和亲友到济宁城外的枫林中野炊,醉在这漫山遍野的一片红色中。乐而忘忧,乐而忘归。

枫林炊烟

经染寒霜两万层[①],
斜阳方照已酡红。
炊烟不散三秋色,
和味[②]浑着未了情。
起坐相知成对影,
闻风始觉万般空。
一时忘却归何处,
嫁作经年待剪成。

——戊戌暮秋于任城

---

① 两万层:夸张说法,指红枫经过冬天的霜雪层层封冻。
② 和味:秋色和着人间美味。

题记 山东嘉祥是宗圣曾子的故里，有曾子庙，位于嘉祥县城南约20公里的南武山南麓，始建于周考王十五年（公元前426年），原名"忠孝祠"。明正统九年（公元1444年）重建后，改称"宗圣庙"。明嘉靖、隆庆年间，曾庙两次毁于战火。明万历七年（公元1579年），曾子六十二代孙五经博士曾承业奏请重修，清顺治、康熙、乾隆、光绪等年间对曾子庙进行多次修缮。曾子庙是历代祭祀曾子的专庙。戊戌年秋天与家人一起在一个黄昏叩开了曾庙的大门，以记。

访曾庙

经年不肯此间来，
叩下黄昏始见开。
陋巷身甘居已久，
香烟绕殿也曾衰[①]。
千年道义从一贯[②]，
三省堂荫素日栽[③]。
君子善执天地事，
心烛两焰为谁栽[④]。

——戊戌秋于曾子庙

[①] 指历史上曾庙曾屡次被毁。
[②] 宗圣殿门上悬"道传一贯"巨匾一面，遒劲的楷书大字为清雍正皇帝御笔亲书。
[③] 三省堂为曾庙建筑，与宗圣殿院平行。三省堂是为纪念曾子名句"吾日三省吾身"而建。曾子曰："吾日三省吾身：为人谋而不忠乎？与朋友交而不信乎？传不习乎？"
[④] 指诚心拜谒曾子，点燃两个烛火，剪去灰烬。也是在激励自己继续增进修为。

山东嘉祥曾庙

题记 我时常往返于家乡和北京之间。以前，我是个不恋家的人。不知什么时候起，似乎在家乡与我之间系了一根无形的绳索，就这样牵着。北京的天空是美的，甚至美得动人，淡云远山舒展了一双愁眉，可是我依旧匆匆地踏上回家乡的路。

小重山·晴空

似此京华难记省[1]。

偷偷吹散了，那愁容。

晨妆恰好黛眉青。

云天里，一扫化长空。

归去太匆匆。

不及相对笑，泯痴情。

家山更在燕山东[2]。

思君切，曲调入心声[3]。

——戊戌秋于北京

---

[1] 记省：认识、记住、留恋。
[2] 山东在北京、河北以南以东。
[3] 指心中似有一把乐器，在弹奏着还家的曲子。

鹧鸪天·重逢

万里风尘一洗空，
千般嘱咐雁频征。
数来前后稀松日，
化作三秋别后惊。

君知否，怕重逢。
从来情向月中明。
举眉误撞追魂目，
掩面偏生腮下红。

——戊戌夏于任城

题记 雨夜宿京华,思及秋瑾,心生伤感。恰逢家中友人劝我某事。所谓江山易改,禀性难移。心中住着个英雄,负了现实中的很多人和事。

满江红·雨夜

又住京华,又逢雨,潇潇空落。
盼秋来,秋来送我,一帘闲卧。
满纸千言谁遣作,不着半字从归客[①]。
告乡人,这当下时节,初凉夜。

平生事,平生错。
披肝胆,横长槊[②]。
英雄喜醉月,偏逢萧索。
屡次温言温到耳,三番慨叹三更过。
徒叹我,一副冷心肠,难哄热。

——戊戌秋于北京

[①] 化用曹雪芹的诗:"满纸荒唐言,一把辛酸泪。都云作者痴,谁解其中味?"
[②] 形容气概豪迈。《南齐书·垣荣祖传》载:"若曹操、曹丕上马横槊,下马谈论,此于天下可不负饮食矣。"

题记 2007年12月20日,我站在澳门最高的松山上瞭望,伴随着激昂的国歌声,山下的驻澳部队升起了鲜红的国旗。我静静地看着,泪如雨下!我走过澳门的小巷,学校里的国歌声此起彼伏,那声音无比纯净!大三巴牌坊前,人们有序地忙碌着,那些宁静的景象,足以让我铭记终生!没有什么比和平更美好!12年过去了,又是回归日,写小词以记。

渔家傲·澳门

灯塔松山照赤子,

望洋妈祖说经历。

世代渔家问故里。

知兴替,学堂争唱回归日。

尔本中国原属地,

我为海内亲兄弟。

旧日炮台鸣赞礼。

今崛起,重温真姓同音字。

——己亥冬夜于任城

趣记 己亥年,闻山东舰入列,赋小词以贺!

浪淘沙·山东舰

大浪起东山,千尺风帆。
重蹈沧海又新元,
一跃鲸波成万世,惊动人间。

把酒庆时年,旗鼓喧阗。
重器从今话海权。
应使霸王悄去也,气定云天。

——己亥冬夜于任城

题记 时至中年，心情逐渐趋于平淡，然而，常常会忆及当年意气。

鹧鸪天·忆峥嵘

立马人间到盛年，
集结号角远乡关。
提枪犹记出行列，
露宿闻鸡难夜安。

说笑傲，已等闲。
几回直指问江天。
从来沙场争能战，
战罢英雄卧看山。

——庚子冬夜于任城

宋　梁楷　三高游赏图　故宫博物院藏

题记 这一年,似是醉着的一年,世界无端模糊得很!我曾经,很崇尚宁静,又想起一位师父说过的话:没入世不要谈出世!大抵,每个人都要走进来一遭,或醒或醉地看这个世界……

误佳期·新春之忧

归去丰年可有,
厌看风霜争秀。
无官无禄总忧农,
大雪依然瘦[①]。

悬念挂桃符,
灯倦消残酒。
又添新岁又添愁,
汉水安歇否[②]?

——己亥冬夜于任城

[①] 今年基本没有下雪,没有心情赏风景,关心是否物阜民安。
[②] 对联贴上了,却在灯下独饮消愁。不知道武汉的疫情怎样了?

西江月·饮

贪醉又求杯满,
三巡剖胆交心。
从来飘过是浮云,
如雾如风莫论。

好酒千钟①先饮,
众生几个相亲。
自古阴晴总更新,
万里河山休问。

——己亥岁末

---

① 千钟:形容能饮酒。《孔丛子引遗谚》载:"尧舜千钟。孔子百觚。子路嗑嗑。尚饮十榼。"

题记 雪夜,与李春兴先生、孙乃亮先生、李庆平先生等畅饮有感。

临江仙·夜饮逢雪有感

犹记长江东逝去,
不知何事堪寻。
英雄自古抱丹心,
热诚凭赤胆,
古道论风云。

好酒入肠和泪温,
庭前白絮敲门①。
夜分浑忘晚归人,
杯频无处记,
相顾是恩深。

——己亥雪夜于任城

---

① 雪花飘落。

诉衷情·瓷

闲愁入酒自杯空,

花落梦难成。

君非俗物曾碎,

有恨泪先封。

惜际遇,

怕留情,

不屈从。

依心重造,

争忍销融[①],

无奈身轻。

——己亥冬夜于任城

五觉斋藏品

---

① 瓷器的打造过程,从选瓷土,到拉坯,再烧制,是一个销融塑造的过程。

题记 终于下雪了,沉寂了很久的大地和心情已经没有了诗意,我终究是下楼走了走,莫名想起了元朝的管道升曾作的《我侬词》,以不拘一格的形式和充满风趣的语言,将诚挚的情感和坚定的信念传达给赵孟頫,换回了动摇的一颗心,他是何等智慧的人啊。白白的雪映照着每个人的脸庞和内心,便随口吟下此作,以和管道升。

我侬词·雪人

你侬我侬,是以卿卿。

春应到,雪多情。

便把一捧,塑一个脸,化一颗心。

将这水雪,一块交融,唤风催生。

再塑一个脸,再化一颗心。

脸儿是心的容,心儿是脸的声。

脸与心这番面儿同,那里儿也同。

——庚子逢雪思及管道升戏作

题记 再次翻开自己的日记，重温记下的每一刻的心情，有欢笑，也有失落，我享受着这样的深夜。人生的苦楚，总是要自己品尝之后把它化了，而后沉在心底。一日再忆起，也只轻轻道一声：只道当时是寻常！

青玉案·笔记

思来不过因情苦，
苦过怕思归去。
归去哪堪说陌路，
断肠楼里，断肠新句。
总是秋来处。

诗文重写从头叙，
婉转空题未名曲。
自是素心留几许。
当时憧憬，已成风絮。
何事堪摘取？

——庚子秋夜于任城

南阳湖

第二篇

唱和：运河回声

每一个夜晚,我都在运河岸寻寻觅觅,总能听到千年之外的声音,他们是谁?是中华诗词源流中渴望回应的那些知音人吧。我开始扎一个木筏,顺流而下,一路吟着,以成千古酬唱。

题记 没有一个日子会因为人间的悲喜而缺席或者重来！没有如约而至的月，没有千点如昼的灯。当一切渐归沉寂，已忆不起有多少年不曾赏过灯，那笑声依旧在儿时父亲的背上，满街满巷的高跷里回荡……"蓦然回首"也只在宋词的意境里时而分明，时而模糊着。当抬起深埋的头，想吟一句诗时，除了那"人约黄昏后"的心动，再寻不见。偶记五代的一首民歌《生查子》，却颇有些意味，遂和！

生查子·元夜

又是元夜时，明月相知未？

红豆入粥无，不见相思泪。

千灯直待谁，人向东风醉。

焰火最销愁，背身都授碎。

——元宵

附原玉

生查子·新月曲如眉
〔五代〕牛希济

新月曲如眉，未有团圆意。

红豆不堪看，满眼相思泪。

终日劈桃穰，人在心儿里。

两耳隔墙花，早晚成连理。

题记 所有的心静如水,都在一番刻骨铭心地绝别之后产生,虽"梅妻鹤子"的林逋亦然!

相思令·春夜　兼和林逋

向南行,向北行,
总把阴晴照世情。
不曾与世争。

是言轻,是意轻,
道破东风人不惊。
怎将心事平。

——己亥春夜

附原玉

相思令

[宋] 林逋

吴山青,越山青,两岸青山相送迎,
争忍有离情?
君泪盈,妾泪盈,罗带同心结未成,
江边潮已平。

五觉斋料器

题记 陌上花开,又是上巳。近日,总能想起这样一句话——"别来相思无限期",这句话道尽了多少人的心境。于今,便也拿来用,作一首《蝶恋花》以和石孝友,也献给让我无比怀恋的那个上巳节。愿岁月安好,得以年年陌上朝你笑!

蝶恋花·上巳　兼和石孝友

别来相思无限期,

无数相思,

无处托人寄。

欲把相思先拟齐,

生生又被相思戏。

我写相思难尽意,

便借伊来,

上巳当年事。

思量相思说与你,

不如不递相思字。

——庚子上巳于任城

附原玉

蝶恋花
［宋］石孝友

别来相思无限期，
欲说相思，
要见终无计。
拟写相思持送伊，
如何尽得相思意。

眼底相思心里事，
纵把相思，
写尽凭谁寄。
多少相思都做泪，
一齐泪损相思字。

题记 今年的春天来得格外的迟,转眼人们便挨到了"龙抬头",天上很应景地下了小雨。因为新冠疫情的阴云没有散去,每个人都处在担心和不安中,我的白发又冒出来很多。面对这样的情况,我们应该保持怎样的状态?我想起了苏轼,想起了他面对人生的起伏时内心的豁达和超然。人和自然的关系,人与人的关系,如同这样一个道理:"诚者,天之道也;诚之者,人之道也。"至诚无息,择善固执,便可实现和谐统一,迎来内心和世界的春天。

定风波·和东坡

独坐残更怕人惊,花期未定令先行。
谁为愁思剪两鬓,深恨,此间最怕负生平。

往事何当能记省,长痛,飘零休去怨春风。
纵使春风争饮醉,无畏,阴晴直待是真情。

——庚子春夜

附原玉

定风波

[宋]苏轼

三月七日,沙湖道中遇雨。雨具先去,同行皆狼狈,余独不觉,已而遂晴,故作此词。

莫听穿林打叶声,何妨吟啸且徐行。
竹杖芒鞋轻胜马,谁怕?一蓑烟雨任平生。

料峭春风吹酒醒,微冷,山头斜照却相迎。
回首向来萧瑟处,归去,也无风雨也无晴。

宋 胡直夫 夏景山水图

题记 归来前,我确在人间烟火外惆怅,并自诩"千古知音人",我以为那时年少。曾经,所有的话都说给千年前的他们听了,因为懂,所以宁静!只是笑着看这个世界,在其中,又在其外。待我归来,透过人间烟火,似乎嗅到了一丝魏晋气息,我为此而欣喜,并一度以为这便是现世的传奇。可是,却短不及想,世界依然是原来的模样!一位故友曾说:"你是游走在历史与现实之间的。"而今,确少见那对话的人了,他们依旧在词里……在极少的确切可考的易安词中,《渔家傲》无疑是最洒脱的,她亦在寻一个人间放不下的归处!便和一和吧。

渔家傲·和易安

又是深更天欲晓,

几成好梦人先老。

争向天君说年少。

学诗早,再调一曲渔家傲。

飞过三山山更杳,

蜃楼不见蓬莱岛。

语未惊人人未到。

归来好,此间诗意当时了。

——己亥冬夜于任城

附原玉

渔家傲

［宋］李清照

天接云涛连晓雾。
星河欲转千帆舞。
仿佛梦魂归帝所。
闻天语，殷勤问我归何处。

我报路长嗟日暮。
学诗谩有惊人句。
九万里风鹏正举。
风休住，蓬舟吹取三山去。

题记 易安说，欧阳公"庭院深深深几许"这句好。也许，她一时愁醉了，似乎出自那个善体好辩的冯公。且再论吧。总之，此句是好的，恰逢心事积郁，无处诉说，便也来和。

临江仙·再和易安

庭院深深深几许？[1]
风移影阵旗旌。
浑然不晓到城东。
来来朝日也，
去去对昏灯。

憔悴此身吟断句，
月儿不再分明。
当归怕我再飘零。
君说今世好，
何处话心情？

——己亥冬夜于任城

---

[1] 欧阳修作《蝶恋花》："庭院深深深几许，杨柳堆烟，帘幕无重数。玉勒雕鞍游冶处，楼高不见章台路。雨横风狂三月暮，门掩黄昏，无计留春住。泪眼问花花不语，乱红飞过秋千去。"李清照曾说："欧阳公作《蝶恋花》，有'庭院深深深几许'之句，予酷爱之。用其语作'庭院深深'数阕，其声即旧《临江仙》也。"李清照认为此词是欧阳修所作，而且很喜欢，但是还有另一种说法，认为该词为南唐冯延巳所作。

附原玉

临江仙·庭院深深
[宋]李清照

庭院深深深几许?
云窗雾阁常扃。
柳梢梅萼渐分明。
春归秣陵树,
人老建康城。

感月吟风多少事,
如今老去无成。
谁怜憔悴更凋零。
试灯无意思,
踏雪没心情。

题记 李清照被称为"三瘦",源于其三首词中的三句词,其中以《醉花阴》中"莫道不消魂,帘卷西风,人比黄花瘦"为最。是夜,孔子的故乡燃起了烟花,瞬间的美丽后归于沉寂,我静静地看着,隐隐约约似看到一个瘦影,似她,又不是她。

醉花阴·焰火　兼和易安

天地何曾说长久,
情重尤难守。
且趁这时候,
燃尽浓愁,
休道人如旧。

阑珊灯火回眸后,
无计消残酒。
最怕问同心,
借个新刀,
并剪烟花瘦。

——庚子夏夜于曲阜夜观烟花

附原玉

醉花阴

[宋]李清照

薄雾浓云愁永昼,瑞脑消金兽。
佳节又重阳,玉枕纱厨,半夜凉初透。
东篱把酒黄昏后,有暗香盈袖。
莫道不消魂,帘卷西风,人比黄花瘦。

题记 我一直自诩为千古知音人。在历史人物中,我对红拂女特别认同,这源于她的那份勇气、决绝。读了顾太清的词,忍不住要和一和。

金缕曲·和顾太清　兼寄红拂女

侠女英雄路。
已恹恹、几人可数。
若说奇遇。
逆旅相逢堪托付,
何必深究出处。
卿本是、存身杨府。
枉负曾经长袖舞,
为谁忙、镇日匆匆度。
心未许,空辛苦。

兵荒好待谁人举,
看眉间、轩昂器宇,
剑锋双铸。
料定前途凭君取,
择莽从今归去。
怕个甚、"陈尸"何惧。
萝草从来攀松树,
也传说、虎胆红拂女。
从遇着、便嫁与。

——壬寅春夜于任城

附原玉

金缕曲·红拂女

[清] 顾太清

世事多奇遇。

快人心、天人合发,英雄侠女。

阅世竟无如公者,决定终身出处。

特特问、君家寓所。

逆旅相依堪寄托,好夫妻、端合黄金铸。

女萝草,附松树。

尸居余气何须惧。

问隋家、驱鱼祭獭,为谁辛苦。

况是荒荒天下乱,仙李盘根结固。

更无奈、杨花自舞。

悔不当初从嫁与,岂留连、一妓凭君取。

远人也,越公素。

题记 因着今日"大雪"的节气,与朋友论,想起了谢安"大雪何所似"之问,当年谢道韫答"未若柳絮因风起",而得"咏絮"的才名。这万千诗趣被魏晋风流占去了大半,今人多奔于前途名利,即使热衷于诗赋,不甘输于古人,也无处说话,自斟自饮……

渔家傲·思谢道韫

霜雪殷勤风雨路,
世间大道凭人去。
算罢相逢终是负。
不堪数,君今问我归何处。

杯酒频斟因谁举,
拈来咏絮成绝句。
潇洒安能输谢女。
千般苦,剩将意气和风煮。

——己亥大雪于任城

题记 虽然,《长门赋》历来为人称道,然终是闺怨之辞。登高望远,还应该有更好的诗句从东鲁产生,一如毛泽东所言:"数风流人物,还看今朝。"

渔家傲·和毛滂

何事淹留留不住,
心思渐重抟成句。
自古才名谁占取。
休回顾,动人岂独长门赋[①]。

漫道功勋应我属,
莫将利禄逐风去。
知否沉浮难作主。
云深处,好诗可待从东鲁[②]。

——己亥冬夜于任城

[①]《长门赋》:最早见于南朝梁萧统编著的《昭明文选》,据其序言,认为这是汉代文学家司马相如受汉武帝失宠皇后陈阿娇的百金重托而作的一篇骚体赋。据传汉武帝时,皇后陈阿娇被贬至长门宫(汉代长安别宫之一,在长安城南,原是馆陶公主献给汉武帝的一处园林),终日以泪洗面,想出一个办法,携重金请司马相如代作一篇赋,表达深居长门的闺怨。武帝读此赋后,大为感动,陈皇后遂复得宠。
[②] 东鲁:原指春秋鲁国,后指鲁地(今山东省境内)。

附原玉

渔家傲

［宋］毛滂

鬓底青春留不住。
功名薄似风前絮。
何似瓮头春没数。
都占取，只消一纸长门赋。

寒日半窗桑柘暮。
倚阑目送繁云去。
却欲载书寻旧路。
烟深处，杏花菖叶耕春雨。

宋 扬五咎 四梅图（局部）

题记 夜读《梅苑》,遇毛泽民的《玉楼春·定空寺赏梅》,恰逢夜深思故人,读到"一枝难寄",读到"直到烟空云尽处"。深体其心思辽远,遂和。

玉楼春·再和毛滂

人道老来知回望,
早惹忧思三万丈。
一枝难寄误韶光[①],
负了梅梢独自放。

别后时长说易忘,
梦醒更悄藏泪样。
相知何必怕重逢,
醉把觥筹[②]添二两。

——己亥冬夜思故人兼和毛滂

[①] 唐代诗人宋之问流放钦州(治所在今广西钦州东北)途经大庾岭时,写在岭北驿一首五律《题大庾岭北驿》:"阳月南飞雁,传闻至此回。我行殊未已,何日复归来。江静潮初落,林昏瘴不开。明朝望乡处,应见陇头梅。"大庾岭在今江西大庾,岭上多生梅花,又名梅岭。古人认为此岭是南北的分界线,因有十月北雁南归至此,不再过岭的传说。后来,诗人多以折梅难寄表达相思或思念之情。如宋李清照《孤雁儿》载:"一枝折得,人间天上,没个人堪寄。"宋周密《高阳台》载:"最关情,折尽梅花,难寄相思。"宋王沂孙《高阳台》载:"一枝芳信应难寄,向山边水际,独抱相思。"

[②] 觥筹:酒器和酒筹。觥意为酒器,筹意为酒令。欧阳修《醉翁亭记》中有"觥筹交错"。宋晏殊《浣溪沙》载:"阆苑瑶台风露秋,整鬟凝思捧觥筹。"

附原玉

玉楼春·定空寺赏梅
［宋］毛滂

蕊珠宫里三千女。
滴粉为春尘不住。
月华冷处欲迎人,
七里香风生满路。

一枝谁寄长安去。
想得韶光能几许。
醉翁满眼玉玲珑,
直到烟空云尽处。

题记 这是一个明月夜,辗转难眠,又想起了故人。晏几道的句子"今宵剩把银釭照,犹恐相逢是梦中",不觉浮现在眼前,多想以梅作信,寄一轮明月给你,而今,你走到了哪里呢?

鹧鸪天·和小山

别后先负三更情,
醒来又试枕边钟。
忽觉镇日无聊赖,
频忆楼头扇底风。

伤心客,恨无穷。
岭头梅雪万山横。
为君再寄一轮月,
照你归来第几峰。①

——己亥冬夜和小山词

---

① 晏几道《鹧鸪天》中有:"凭谁问取归云信,今在巫山第几峰。"

附原玉

鹧鸪天

[宋] 晏几道

题破香笺小砑红。
诗篇多寄旧相逢。
西楼酒面垂垂雪，
南苑春衫细细风。

花不尽，柳无穷。
别来欢事少人同。
凭谁问取归云信，
今在巫山第几峰。

题记 世间事，皆如大江东流去。所以，论起来，还是东坡的词好。为人，为文，应存着一股气，抚平这一片心海。一切的逝去也是一种回归！东坡有"天易见，见君难"句，此一句不输于"十年生死两茫茫"，从中可以深深体会到这洒脱之人的真性情。恨不能生在同时，对面和一阕，当是何等畅快！恰逢深夜雾浓，细细思量，人事如这天气看似无常，实是寻常。便也修得平常心，应这一世的景，只醉在词里。

江城子·雾 兼和东坡

山河雾起万家楼。

上白头，锁新愁。

暗换心情，故事怎堪留？

最远非关三世路，

心欲透，酒难收。

物华依旧那时候。

因谁生，为谁忧。

银丝重又，织就一帘秋。

回首不如辞去了，

人又瘦，岁未休。

——己亥雾夜于任城

附原玉

江城子·孤山竹阁送述古
[宋]苏轼

翠蛾羞黛怯人看。

掩霜纨,泪偷弹。

且尽一尊,收泪唱《阳关》。

漫道帝城天样远,

天易见,见君难。

画堂新构近孤山。

曲栏干,为谁安?

飞絮落花,春色属明年。

欲棹小舟寻旧事,

无处问,水连天。

题记 夜归，过济宁太白湖区大桥，看到月光、灯光沿着桥的构造产生的各种影像，因是有感，再和东坡。

西江月·再和东坡

何处误施迷雾，
此番怕是新凉。
流光争过这桥梁，
遗梦旧年模样。

岁短不容商量，
月华再被云伤。
画图总把又重画，
曾见那时浑忘。

——己亥冬夜于任城

附原玉

西江月·世事一场大梦
[宋] 苏轼

世事一场大梦，人生几度秋凉？
夜来风叶已鸣廊，看取眉头鬓上。

酒贱常愁客少，月明多被云妨。
中秋谁与共孤光，把盏凄然北望。

明月系列薄浮雕

题记 文天祥曾读到宋王清惠南渡途中的题壁《满江红》，感叹："夫人于此少商量矣……"并在狱中作和。这词中，在继"苏东坡燕子楼梦关盼盼"之后，再次提及燕子楼。这世事变化，人间沉浮，史上从不缺有骨气的才情女子，缺的是安宁世界应给她们的一份相知和美好。今夜，想起了她和他们，作此篇以和。

满江红·和文天祥

千古兴亡，楼头燕，几多唱和[①]。

行动处，子瞻曾梦，故园空锁。

纵是舍生存义久，

无端造化欺孤客。

难得汝，热血洒襟怀，为君尔。

烟云散，青灯灭。

多少事，无人解。

问一声壮士，世情如何？

徒叹文山说反覆，

应知女史心如月[②]。

这众生，为哪般追逐，思量着。

——己亥冬夜于任城

[①] 燕子楼：唐贞观年间，朝廷重臣武宁军节度使张某（张建封之子）镇守徐州时，在其府第中为爱妾女诗人关盼盼特建的一座小楼，因其飞檐挑角，形如飞燕，且年年春天南来燕子多栖息于此，故名。张某死后，关盼盼矢志不再嫁，深得白居易、苏轼等赞赏。燕子楼几经沧桑，今尚存于徐州。

[②] 文山：文天祥，道号文山。文天祥在《满江红》中有"世态便如翻覆雨，妾身元是分明月"之句。

附原玉

满江红·和王夫人满江红韵，以庶几后山《妾薄命》之意
［宋］文天祥

燕子楼中，又捱过、几番秋色。

相思处、青年如梦，乘鸾仙阙。

肌玉暗消衣带缓，

泪珠斜透花钿侧。

最无端、蕉影上窗纱，青灯歇。

曲池合，高台灭。

人间事，何堪说。

向南阳阡上，满襟有血。

世态便如翻覆雨，

妾身元是分明月。

笑乐昌、一段好风流，菱花缺。

题记 长征是漫长的，道路是曲折的。毛主席曾在《忆秦娥·娄山关》中有"雄关漫道真如铁，而今迈步从头越"的句子。娄山虽然难攻，岷山终究可期！风物长宜放眼量……

忆秦娥·雨夜　兼和毛主席

风云乱，人间冰雨穿心箭。
穿心箭，欲销铁甲，试揭霜面。

雄关豪迈凭人算，前程放眼行程半[1]。
行程半，小洼信步，岷山重见[2]。

——己亥雨夜于任城

---

[1] 毛主席在《忆秦娥·娄山关》中的名句"雄关漫道真如铁，而今迈步从头越"描写了娄山关战役。娄山关位于贵州省遵义城北娄山的最高峰上，是防守的重镇、要冲。遵义会议后，红军原想经娄山关北上渡长江，未成，折回攻克娄山关，重据遵义。后来，毛主席作此词。
[2] 岷山山脉位于中国甘肃省西南部至四川省北部一带，全长约500公里，主峰海拔5588米，为大雪山。毛主席在《七律·长征》中写到："更喜岷山千里雪，三军过后尽开颜。"

附原玉

忆秦娥·娄山关
毛泽东

西风烈,长空雁叫霜晨月。
霜晨月,马蹄声碎,喇叭声咽。

雄关漫道真如铁,而今迈步从头越。
从头越,苍山如海,残阳如血。

题记 其实此篇不知是和太白还是和稼轩,那两篇《菩萨蛮》都如此得好,读来罢不了。大抵此时是和堂堂而去的岁月吧……

菩萨蛮·和稼轩

太白曾问归程处,
人间岁月留不住。
辜负向西窗,
冰霜封故居。

欺人添白发,
哪有青云路。
也欲数风流,
书来无字书。

——己亥冬夜于任城

宋　佚名　柳苑消暑图　故宫博物院藏

附原玉

菩萨蛮·平林漠漠烟如织
〔唐〕李白

平林漠漠烟如织，
寒山一带伤心碧。
暝色入高楼，
有人楼上愁。

玉阶空伫立，
宿鸟归飞急。
何处是归程？
长亭更短亭。

菩萨蛮·人间岁月堂堂去
〔宋〕辛弃疾

人间岁月堂堂去，
劝君快上青云路。
圣处一灯传，
工夫萤雪边。

麹生风味恶，
辜负西窗约。
沙岸片帆开，
寄书无雁来。

题记 结义兄长来济南,四兄妹齐聚,约饮,席间闻潘汉久先生吟《卜算子》,虽时已二九,心下温暖如春,以和。

卜算子·饮　兼和潘汉久先生

闻讯为君来,
拱手凭君叙。
二九红尘正冷清,
斟满留人住。

偏爱在杯中,
最宜拈新句。
座上三番论有无,
再问重逢处。

——己亥冬夜于任城

题记 行将冬至,我看着千滚百煮的饺子出神,莫名记起秋瑾。"身不得,男儿列。心却比,男儿烈"的声音曾长久地住在我的心里。我曾跑遍绍兴执着地寻找鉴湖,我想,我终是要走回去了……如此,便和一和吧!

满江红·冬至 兼和秋瑾

日影偷移,凭岁月、周全开谢①。
更漏短,借了今夜,又别明夜。
应许荣枯依序错②,早使肝胆因人热。
君道长、世道岂容歇,车轮过。

逢至日③,皆是客。
肠百转,身先侧。
算可期春信,怕梅零落。
沉醉英雄成各个,黄钟应律④难知我。
这时节、祭罢了先生⑤,西风烈。

——己亥冬至前夜于任城

---

① 开谢:指花开花谢,喻四季变化。
② 草木根据时序的变化而繁盛、衰落。
③ 至日:冬至。
④ 《大晟乐书》上记载:"黄钟者,乐所自出,而景钟又黄钟之本,故为乐之祖,惟天子郊祀上帝则用之,自斋宫诣坛则击之,以召至阳之气。既至,声阕,众乐乃作。"黄钟应律,比喻万物变化,和谐共生。冬至到了,夜间变短,阳气回升,阴气下降,开始有了生机。宋朱淑真有《冬至》诗:"黄钟应律好风催,阴伏阳升淑气回。"
⑤ 先生:指秋瑾,表示崇敬。

附原玉

满江红
秋瑾

小住京华，早又是，中秋佳节。
为篱下，黄花开遍，秋容如拭。
四面歌残终破楚，八年风味徒思浙。
苦将侬强派作娥眉，殊未屑！

身不得，男儿列。心却比，男儿烈！
算平生肝胆，因人常热。
俗子胸襟谁识我？英雄末路当磨折。
莽红尘何处觅知音？青衫湿！

绍兴秋瑾故居

第二篇 唱和：运河回声

题记 时常，内心会感到一种孤独，大有与今人道不得之感，恰赶赴涟水，想起了陈登和鲍照，便与古人说说话……

南 行

陈登①酬客问来人，
跌宕千秋鲍参军②。
壮士风流徒遗恨，
众生轻义忘伤心。
盛年日月一时尽，
沧海曾经无限深。
飂戾长风③凭我振，
惊波轻弄有知音。

——己亥冬于苏北涟水

---

① 陈登：字符龙，下邳淮浦（今江苏涟水西）人，东汉末年将领，博览群书，智谋过人。
② 鲍参军：鲍照，南朝宋文学家，与颜延之、谢灵运合称"元嘉三大家"。祖籍东海（治所在今山东郯城西南，辖区包括今江苏涟水，文学成就很高，尤其是在乐府诗和七言诗方面，成就斐然。
③ 飂戾长风：迅疾的风。鲍照《代櫂歌行》载："飂戾长风振，摇曳高帆举。"

题记 鲍照曾作《代白头吟》，以此抒发对世事人情的不平，古来志士有此感慨或有此遭遇者很多。然而，今日忆及其作，又忆及卓文君等，细细思量，认为当今时代，宜应"风物长宜放眼量"，不坠青云之志，不陷于悲观。

代白头吟·和鲍照

来乘飓风劲，长入淮安君[①]。

拥抱涕复泣，叩此玉壶心。

猴魁[②]本天韵，团扇弃宫门[③]。

逐日舞青练，阴晴看黄昏。

曾借当垆酒，皑头问旧恩[④]。

江郎[⑤]言有尽，我意又三分。

悄然一别赋，江湖没此身。

谁言离别易，离恨似海深。

自古东流去，从今抱石沉。

不更青云志，不作白头吟。

——己亥冬于苏北

[①] 淮安君：指淮安，用拟人手法，表达亲近情感。
[②] 猴魁：中国历史名茶之一。产于安徽省黄山市北麓的黄山区（原太平县）新明一带，该区低温多湿，土质肥沃，云雾笼罩。
[③] 班婕妤曾作《团扇诗》抒发宫中女性如扇子一般秋凉见弃的命运。
[④] 卓文君曾为司马相如当垆卖酒，后司马相如有他心，卓文君作《白头吟》，挽回了感情。
[⑤] 江郎：即江淹，南朝文学家，六岁能诗，到晚年才气稍减，有"江郎才尽"之说。盛年长于词赋，曾作《别赋》，极写悲凉苍劲之气，水平极高，为当时词赋代表作。

附原玉

代白头吟

[南朝宋]鲍照

直如朱丝绳,清如玉壶冰。
何惭宿昔意,猜恨坐相仍。
人情贱恩旧,世义逐衰兴。
毫发一为瑕,丘山不可胜。
食苗实硕鼠,点白信苍蝇。
凫鹄远成美,薪刍前见凌。
申黜褒女进,班去赵姬升。
周王日沦惑,汉帝益嗟称。
心赏犹难恃,貌恭岂易凭。
古来共如此,非君独抚膺。

题记 一日寻到济宁边郊一处僻静院落,主人收藏了许多书画、拓片和乡间老物什,举头看到稼轩词"金戈铁马"句,故作词相和。

永遇乐·和稼轩

闹市长居,身游世外,忽见别苑。
辗转几番,幽庭是处,不肯因人换。
衷肠常热,疾笔难书,拓下旧碑装点。
这时节,可有英雄,拱手再来相见。

天涯逸客,剩把残笺敛起,收拾遗憾。
万户千家,江山无限,往事凭人断。
悄移一步,附耳东家,将壮岁加餐饭。
待归来,重话辛翁,依然赤胆。

——己亥冬于宁心别苑

宋　乌桕文禽图　故宫博物院藏

题记 值秋凉时节,想起今时不同往日,感叹岁月无情,人生难料,轻叹一声,也没在秋风里。

误佳期·难寄

细数去年旧事,
提笔偏生怕意。
锁着心底两分愁,
记也无从寄。

相遇雁南飞,
别后寒霜起。
一声惆怅百年身,
没入西风里。

——己亥冬夜于任城

题记 此词因看到一位耄耋之年的老夫人在夕阳中荡起秋千有感所作。名为归来，实是心之归来。我想从老夫人的角度感悟人生变化，应是处变不惊，内心守静。

点绛唇·归来

长怕生平，未曾情重聊相赠。
处高清冷，负了三生梦。

变也休惊，小雨催人醒。
归来应，唤着西风，赏个夕阳景。

——己亥冬夜于任城

题记 数年前曾到黄鹤楼,但不曾和崔颢。而今,逢武汉疫情,举国关注。于此时方和崔颢,乃是有所思虑和寄望。终于明白了李白缘何独叹"眼前有景道不得,崔颢题诗在上头"而甘拜不题。

忆江南·和崔颢[①]

题诗后,
西去故城空。
人醒偏和愁共醒,
新凉又与旧时同。
惊梦怨江风。

——庚子初四于任城

[①] 崔颢:唐代诗人,唐玄宗开元十一年(723年)进士。《旧唐书·文苑传》把他和王昌龄、高适、孟浩然并提。他才思敏捷,其作品激昂豪放,著有《崔颢集》。崔颢曾游武昌,登黄鹤楼,感慨赋诗。及李白来,曰:"眼前有景道不得,崔颢题诗在上头。"虽然,李白搁笔不作,乃是太爱崔颢此诗,然而,他对黄鹤楼亦是情感很深,据说李白高亢激昂,连呼"一忝青云客,三登黄鹤楼"。后来,李白写下《登金陵凤凰台》:"凤凰台上凤凰游,凤去台空江自流。吴宫花草埋幽径,晋代衣冠成古丘。三山半落青天外,二水中分白鹭洲。总为浮云能蔽日,长安不见使人愁。"此诗似是仿《黄鹤楼》而作。

黄鹤楼·再和崔颢

诗名千载凭君定,
到此无非黄鹤楼。
能奈我何山人①去,
古来独步太白愁。
乡关谁主无须问,
纵是谪仙也回头。
鼠胆还应黄鹤破,
遍收魑魅太平洲。

——庚子初五于任城

---

① 山人:孟浩然,号孟山人。李白曾作《黄鹤楼送孟浩然之广陵》。

附原玉

黄鹤楼

[唐] 崔颢

昔人已乘黄鹤去,此地空余黄鹤楼。
黄鹤一去不复返,白云千载空悠悠。
晴川历历汉阳树,芳草萋萋鹦鹉洲。
日暮乡关何处是,烟波江上使人愁。

薄浮雕

题记 武汉疫情牵动万千国人的心,我辗转反侧难以入睡。现在,人人在家不出门,风景不能玩赏,亲邻不能相见。想起世间物事,如那黄鹤楼,当年却轻易别去。很多故人相见,也便匆匆分别。而后,当万倍珍惜。作词两首。

如梦令·无眠

欲与周公论事,

辗转春秋无计。

恁地最难医,

问遍亲邻如是。

那日,那日,

长恨别伊容易。

——庚子初九于任城

满江红·告庚子

不二心思,便也是、频关消息。

向南望,千家空巷,繁华偷泣。

异姓他乡别故里,同胞在世直相惜。

为谁人危困到孤城,三更起。

劝庚子,消戾气。

人间事,它和你。

有高山流水[①],曾经知己。

汉口琴台今在否,长江大浪潮头已。

愿生灵、共一段温情,春来矣。

——庚子于任城

[①] 高山流水:相传当年钟子期、俞伯牙因琴声相遇,成为知己,琴曲《高山流水》历来用于酬赠知音。此处表达人与自然和谐共生的愿望。

宋　刘松年　松荫鸣琴图　克里夫兰艺术博物馆藏

题记 我在尝试着走进这个世界,像每一个人一样,这个过程刻骨铭心,说不上是不是痛。然而,我终是不同的,我总能相信真诚,总能在雪天保持烹茶煮梅的心情,也总能在深夜和那些遥远的"故友们"对话。在床头的书堆上靠了一下,不想昏昏睡去,竟又梦到陆游。这是继当年客居沧州时,写下《高阳台·梦陆游》后的又一次与陆游"相逢"。恰逢雪夜小酌,作《沁园春》以和。

沁园春·雪夜梦陆游

笑我多情,

华盖①新生,

又梦放翁。

那镜湖怎样,

山阴②安否,

渔夫悠哉,

旧史匆匆。

寻觅当年,

城墙花柳③,

竟卧冰河④恨愿空。

因何恨,

---

① 华盖:指白发。
② 山阴:浙江绍兴古县名。陆游晚年长期蛰居山阴。
③ 陆游词《钗头凤》载:"红酥手,黄縢酒,满城春色宫墙柳。"描写了沈园一见后他和唐婉的爱情悲剧。
④ 陆游晚年作诗《十一月四日风雨大作》:"僵卧孤村不自哀,尚思为国戍轮台。夜阑卧听风吹雨,铁马冰河入梦来。"陆游虽志向未抒,蛰居乡里,然报国豪情犹在,很是悲壮。

第二篇 唱和:运河回声 243

叹江山起落,

更鼓三声。

休说意气如萍,

不忍道、飘零怨身轻。

见今朝酒好,

烹茶有雪,

东山谢老①,

魏晋遗风。

莫负韶华,

争来咏絮②,

万古闲愁怕遇卿。

应留照,

荐冰心③与尔,

贺此相逢。

——己亥雪夜于任城

---

① 指谢安,东晋名士、政治家,少以清谈知名,隐居会稽郡山阴县之东山,与王羲之、许询等游于山水。后东山再起,历任要职。《晋书·谢安传》载:"隐居会稽东山,年逾四十复出为桓温司马,累迁中书、司徒等要职,晋室赖以转危为安。"
② 咏絮,指谢安教育谢家子侄,常雅聚论诗。一日下雪,问:"大雪纷纷何所似?"谢道韫因"未若柳絮因风起"而被誉为咏絮之才。刘义庆《世说新语笺疏·咏雪》:谢太傅寒雪日内集,与儿女讲论文义。俄而雪骤,公欣然曰:"白雪纷纷何所似?"兄子胡儿曰:"撒盐空中差可拟。"兄女曰:"未若柳絮因风起。"公大笑乐。即公大兄无奕女,左将军王凝之妻也。
③ 唐王昌龄《芙蓉楼送辛渐》载:"洛阳亲友如相问,一片冰心在玉壶。"

附原玉

沁园春·孤鹤归飞

[宋] 陆游

孤鹤归飞，再过辽天，换尽旧人。
念累累枯冢，茫茫梦境，王侯蝼蚁，毕竟成尘。
载酒园林，寻花巷陌，当日何曾轻负春。
流年改，叹围腰带剩，点鬓霜新。

交亲零落如云，又岂料如今馀此身。
幸眼明身健，茶甘饭软，非惟我老，更有人贫。
躲尽危机，消残壮志，短艇湖中闲采莼。
吾何恨，有渔翁共醉，溪友为邻。

题记 曹植曾作《七哀诗》，以一个不幸的思妇作比，表达自己的境遇和心情，感叹骨肉不相亲与，暗吐思君报国的衷肠，无限凄惶，令人叹惋。一日黄昏时分，经梵呗寺，到东阿曹子建墓，观黄河迂回，气象苍茫，长风入怀，有感而作。

七哀·和曹植

暮色下东阿，流霞咀青云①。
陈王抔中苦，思为建安魂②。
登堂既来问，遗③我有遗④音。
抚门西南望，应怜壮士心。
过庭谁哀吟，寒雁北回身。
念念惊鸿影，孤酹黄河回⑤。

飘零何所住，长风万里喑。
望望岁将迟，不似少年人。

——丁酉于东阿曹子建墓

---

① 天空中晚霞和云缠绕在一起的景象。
② 曹植，字子建，是曹操与武宣卞皇后所生第三子，生前曾为陈王，去世后谥号"思"，因此又称陈思王。是三国时期著名的文学家，建安文学的代表人物之一与集大成者。
③ 遗（wèi）：赠与。
④ 遗（yí）：留下。表示和曹子建对话。
⑤ 鱼山曹植墓始建于233年（魏太和七年），坐落于鱼山西麓，东南两侧有黄河和小清河萦绕，合为襟带，隔河群山连绵，攒峰耸翠，北面金堤绵亘，似黄龙静卧，蔚为壮观。

附原玉

七哀诗
［三国］曹植

明月照高楼，流光正徘徊。
上有愁思妇，悲叹有余哀。
借问叹者谁？言是宕子妻。
君行逾十年，孤妾常独栖。
君若清路尘，妾若浊水泥。
浮沉各异势，会合何时谐？
愿为西南风，长逝入君怀。
君怀良不开，贱妾当何依？

东阿曹子建墓

题记 你所熟悉的"心远地自偏"的陶令,"金戈铁马,气吞万里如虎"的稼轩未必"如是"。陶渊明居东篱,写下《停云》,辛弃疾闲居江西,筑居曰"停云堂",皆是思念亲友之故,乃至情至性之人。也便有了"我见青山多妩媚,料青山见我应如是"的名句,也便有了"女侠名姝"柳如是。窗外的小雨下着,似密密的愁绪,在镜中影影绰绰。此时此刻,同样想到了"停云",想到了"青山如是",便和一和吧。

贺新郎·和辛弃疾

忧矣今人矣。

这时节,停云独坐,应识俗子。

空巷偷滴相思泪,捋罢衷肠万里。

潇湘雨,为谁掩泣?

我笑镜中人憔悴,怕镜中笑我仍相似。

卿怜我,我怜你。

频频起坐频回忆。

择一处,青山妩媚,相知余几。

旧友佳音无从递,可记觥筹游戏。

怎不恨,风云横起。

饮醉那时凭意气,醉今宵不见斯人矣。

君知否,我如是。

——庚子雨夜于任城

附原玉

贺新郎·甚矣吾衰矣
［宋］辛弃疾

邑中园亭，仆皆为赋此词。一日，独坐停云，水声山色，竞来相娱。意溪山欲援例者，遂作数语，庶几仿佛渊明思亲友之意云。

甚矣吾衰矣。
怅平生、交游零落，只今余几！
白发空垂三千丈，一笑人间万事。
问何物、能令公喜？
我见青山多妩媚，料青山见我应如是。
情与貌，略相似。

一尊搔首东窗里。
想渊明、《停云》诗就，此时风味。
江左沉酣求名者，岂识浊醪妙理。
回首叫、云飞风起。
不恨古人吾不见，恨古人不见吾狂耳。
知我者，二三子。

停 云

[魏晋] 陶渊明

停云,思亲友也。罇湛新醪,园列初荣,愿言不从,叹息弥襟。

霭霭停云,蒙蒙时雨。
八表同昏,平路伊阻。
静寄东轩,春醪独抚。
良朋悠邈,搔首延伫。
停云霭霭,时雨蒙蒙。
八表同昏,平陆成江。
有酒有酒,闲饮东窗。
愿言怀人,舟车靡从。
东园之树,枝条载荣。
竞用新好,以怡余情。
人亦有言:日月于征。
安得促席,说彼平生。
翩翩飞鸟,息我庭柯。
敛翮闲止,好声相和。
岂无他人,念子实多。
愿言不获,抱恨如何!

元　华祖立　玄门十子图（之一）　上海博物馆藏

题记 金丝楠薄浮雕《清宫十二月令》，是五觉斋整整用了五年时间，抱朴守一，潜心静气而完成的。《清宫十二月令图》，有雍正版和乾隆版，表现一年中月令节气自然变化和社会生活。作者与作品的尺寸、构图都有别，五觉斋的创作以乾隆版为蓝本。金丝楠木为帝木，薄地阳文的刻法远迄北魏，浅雕细作，臻于至宝。我看到实物的那一刻，久久出神，如入画中，在刀锋无痕的空间转换中游走，只有它，没有我！确如王春元先生所言："其苦心孤诣是奢华表象之下的无我之境。"五觉大开，相见恨晚，为十二月令各作小诗一首，以奉。

五觉斋金丝楠薄浮雕　龙

薄浮雕《清宫十二月令》图诗词系列

正 月

新遣婵娟到世间,家家户户上街观。

小童跳问应何似,说是灯来是月悬。

薄浮雕《清宫十二月令》之正月

二 月

春风无力到天涯，出列杏花已初发。

围猎争说田地好，秋千架下戏女娃。

薄浮雕《清宫十二月令》之二月

三 月

一入武陵忘古今,瓜田昨个又翻新。
流觞曲水追东晋,卖力耕牛向旧秦。

薄浮雕《清宫十二月令》之三月

四 月

迷蒙烟雨酒家旗,钓者还来取蓑衣。

大梦忽觉争惊起,北窗香动好吟诗。

薄浮雕《清宫十二月令》之四月

五 月

楚江渺渺空说楚,竞渡纷纷报委屈。

菖蒲雄黄充门户,离骚留予小儿读。

薄浮雕《清宫十二月令》之五月

六 月

圆荷接应瑶台露,偷运暗香小渔船。

清景故园归客晚,呼来同饮两三坛。

薄浮雕《清宫十二月令》之六月

七 月

银桥鹊引度七夕，幽恨人间恨又提。

便举针眼穿不得，正是乞巧忆君时。

薄浮雕《清宫十二月令》之七月

八 月

几时明月杯中满,桂子香销已忘忧。

谁使蟾宫重捣臼,离愁消尽又中秋。

薄浮雕《清宫十二月令》之八月

九 月

飒飒清清淡又香,融融冶冶紫兼黄。

当时陶令篱边色,染遍千家共举觞。

薄浮雕《清宫十二月令》之九月

十 月

霜天雁叫知寒暖,机上新添今岁棉。

欲画娥眉先远眺,马蹄声动载人还。

薄浮雕《清宫十二月令》之十月

十一月

兵气肃杀起九天,朝发英气向青山。

苍髯未动说松子,剑气贞心可斗寒。

薄浮雕《清宫十二月令》之十一月

十二月

墙角梅花开未红,山中群木已枝空。

去留从不凭人愿,天外云开山外风。

——辛丑夏观五觉斋《清宫十二月令》薄浮雕作

薄浮雕《清宫十二月令》之十二

英雄树木棉

第三篇

诗赋：壮哉山河

运河的女儿带着无限的记忆，走进这个时代的征程。笑看春花秋月，畅吟雄壮山河。"大风起兮云飞扬，威加海内兮归故乡。"大汉遗风，时代盛景。

宋　朱绍宗　菊丛飞蝶图　故宫博物院藏

题记 青春少年时期,我在异域他乡求学、工作,也算是行万里路。而今,还乡了,看着蓼河沿岸烂漫的菊花,从内心爱上了这片土地,此心安处是吾乡。我不停地踱着步,想起了屈原,进入《离骚》的诗境,思接千年,魂飞世外,便作了一番这样的对话。

问 菊

忽上庭点兵将兮,掣旌幡乎浩荡。
挥斧钺驱鬼魅兮,还天地以清明[1]。
卸铠甲于天河兮,饮浆醉之方休。
遣神女舒广袖兮,扬衣袂乎遗珠[2]。

有镜湖作玉盘兮,承日月之灵种。
将厚土以久怀兮,着沧浪以滋养[3]。
馥腾腾透九霄兮,烂烟霞乎百里。
盛其芳于重阳兮,独领霜之将至[4]。
虽时序之迟暮兮,其姱好乃世稀[5]。
呈太平之祥瑞兮,添耄耋之寿庚[6]。

---

[1] 天空似调集了天兵天将,旌旗蔽日,劈开云翳,天地间一片晴明景象。
[2] 天兵卸甲,醉饮庆祝。有仙女起舞,广袖中抛出珠玉洒落在人间。
[3] 在人间化作一片湖,有得日月光华的种子植下。在大地肥沃的土壤上,由清洁的水源滋养着生长。
[4] 香气透过九霄云外,铺开百里,一片绚烂。它总在重阳盛开,预示着霜露的降临。
[5] 虽然人间的时节到了岁末了,但是它的美丽却是世间稀少的。
[6] 它带来太平世界的祥瑞景象,为长寿的老人添福添寿。

饱大贤之饥腹兮[①]，虽舍身而无怨。
化其魂以应世兮，昭其志犹未亏。

明灿灿覆南坡兮，掩初凉之肃穆。
值群芳已零落兮，夫百草而失色[②]。
虽风霜将相逼兮，安能随之西东。
自隔河相遥望兮，耻蒲苇之不坚[③]。
输牡丹之国色兮，轻富贵乎浮云。
远庙堂从野陋兮，伴隐士而互芳。
访芝兰于幽谷兮，还大夫之庭堂。
念自怡之陶令兮，除杂刈于东篱[④]。

悲季秋之萧萧兮，哀四时之瞬变。
叹草木之摇落兮，送归雁于南飞。
有鸷鸟正徘徊兮，孤落落而无伴。
游江潭之泽畔兮，顾自影乎自怜[⑤]。
夜漫漫终不寐兮，耿余怀至昧旦。
独郁结无可诉兮，形销铄而心伤[⑥]。

[①] 它甘心作为贤达之人的食物，无怨无悔。屈原《离骚》载："朝饮木兰之坠露兮，夕餐秋菊之落英。"
[②] 灿烂的景象掩去了秋凉的萧瑟，百花大多数零落了，草木也已开始枯萎。
[③] 虽然风霜开始凄厉相逼，但是它不会屈服的。遥望着河边的蒲苇随风摆动，它依旧不为所动。
[④] 我到幽谷中屈原的庭院中去寻找菊、兰的影子。想起陶渊明采菊东篱下的怡然自得。孔子说："芷兰生幽谷，不以无人而不芳，君子修道立德，不为穷困而改节。"
[⑤] 我们悲叹秋天的萧索，因为四季的变化而哀伤。看着草木枯落，燕子南飞，只有一只鸷鸟孤零零地在河边照影自怜。
[⑥] 这样的长夜啊，让我无法入眠，一直到天亮。心里郁结没处诉说，身体也不断地消瘦。

270 水调歌头——运河女儿词赋集

待鸡鸣而驱驰兮，问帝女于晨光。

惟徜徉而不言兮，已闻道于转睐①。

忠清骨之所出兮，虽百死以守香。

惟内省以持操兮，结太初以为临。

休凝滞于俗物兮，勿推移于凡纲。

以昭昭之正气兮，濯本色乎融冶②。

处污浊而自守兮，乃余心之所向。

宁永僻而长洁兮，追先古之遗风。

愿托志于雨露兮，涤余心于朝暮。

领岁月之遒尽兮，长太息以掩泣③。

几儿女有高韵兮，得孤芳之清殇。

今天涯之归客兮，安是处乎吾乡。

开广域除芜秽兮，滋黄华之勃发。

岁悠悠无移志兮，长无绝乎终古④。

黄灿灿似流珠兮，紫氤氲乎若玉。

静穆穆持修容兮，却他卉之娇媚。

芬郁郁其远扬兮，破敝居而闻彰。

---

① 听到鸡鸣，天还未亮，我就赶着去问帝女，光明什么时候照下来。她踱着步不说话，但是我从她的顾盼中看到了希望。
② 要以高洁的品性，内省自持守住节操，像天地最初时的样子。不要被世俗而污染，跟着做出一些改变，要守本色扬正气。
③ 在污浊中不被浸染是我的志向，在僻静的地方保持洁净，追随先贤的遗风，用雨露日夜洗涤内心，宁愿这样为岁月尽头而悲泣。
④ 有几人能够拥有菊花般的高洁品性呢，我是从外地回乡的归客，打算安心生活在我的家乡。把院里的和心里的杂草都锄掉，像勃发的黄花一样蓬勃向上，我的这个志向将永不更改。

独茕茕而登高兮,共谁人话榆桑①。

溯江流而直上兮,有金声破洪荒。

曰:

"朝饮木兰之坠露兮,夕餐秋菊之落英。"

借尔躯之万一兮,从屈子之所衷②。

——重阳忆屈子

---

① 那黄的、紫的如珠似玉静态的美给人端庄的感觉,远胜过其他花的娇媚之态。它的芬芳远播,即使僻远也能闻到。它在孤高处立着,在和谁话着家常呢。
② 我顺着水源往上走,听了了洪钟一般的声音,那是屈原在《离骚》中说的"早晨饮木兰上的露水,晚上以菊花的花瓣作食物"。今天我想借你的万分之一,来成全我的内心,让我追随屈原吧,保持高洁的品性。

题记 那日我看到了唐代铜官窑瓷器上所题诗句:"君生我未生,我生君以(已)老。君恨我生迟,我恨君生早。"我的思绪又被拉回到千年之前,同时也想起了那个汉简残片:"春君,幸毋相忘。"这一切都是那么的美。曾与一位兄长论及诗词,我这样来形容诗词的美,美到一眼可以望穿心底,也美到费尽心思猜不透。我们看到的诗句究竟记录了怎样的背景和事件?表达了什么情感?需要每一位读者用心揣摩和体会。由此,我想起了名冠秦淮的柳如是,想起了这首《无题》的唐诗,想和一和。具体表达怎样的情感呢?山河破碎,身世飘零,真情缱绻,巾帼本色……这些都在心中涌动着。陈寅恪先生最是知她的,誉其为"女侠名姝""文宗国士",感其彰我民族"独立之精神,自由之思想"。我赞她,赞她的勇毅,也赞她的真挚。

和唐代铜官窑瓷器题诗《君生我未生》 兼念柳如是

朝朝向南望,日日念君归。
衣带又宽否,三尺意逡逡。
青山正妩媚[①],料来应知谁。
生为女儿身,借问当何为。
生生有离苦,世世红尘人。
行行柳色新,坐坐泪纷纷。
缘来恨沧桑,几时醉风光。
江南非我有,古人易彷徨。
千年不肯忘,相知旧模样。

---

① 柳如是,明末清初女诗人,本名杨爱,字如是,又称河东君。在读了辛弃疾《贺新郎·甚矣吾衰矣》"我见青山多妩媚,料青山见我应如是"之后,自号如是。

我闻君如是，君已无商量①。

乌鬓久已藏，诗成卸女妆。

奈何身生错，无以托家邦。

塞外沙飞起，铁蹄再染霜。

我族已势弱，妾身何疗伤。

明月照清水，我欲从明月。

可怜君言冷，意气轻涤过②。

一步一顾影，堪怜有几何？

曾记纵横日，时势不予说。

尺牍有方寸③，湖上草瑟瑟。

抱琴一抚弦，知君已无措。

君正不惑时，我值青春月。

君升翰林士，我诗堪可和。

君建绛云楼，我种飘摇柳④。

君怜一片叶，我洗一身愁。

君言我年少，惟愿与君好。

---

① 明崇祯十一年（1638 年），二十岁的柳如是结识了原朝廷礼部侍郎、28 岁即得探花的钱谦益，崇祯十三年（1640 年），柳以男装相柳儒士之名与钱再相遇，钱并在其居住之半野堂处，以"如是我闻"之名另筑一"我闻室"以呼应柳如是之名。宋南渡时期，宋度宗昭仪王清惠在驿站题壁《满江红》，此辞传播中原，文天祥读至末句叹曰："惜也！夫人于此少商量矣。"比喻家国不周，女子有志却报国无力。

② 当崇祯帝自缢，清军占领北京后，南京建成了弘光小朝廷，柳如是支持钱谦益当了南明的礼部尚书。不久清军南下，当兵临城下时，柳如是劝钱谦益与其一起投水殉国，钱谦益沉思无语，最后走下水池试了一下水，说："水太冷，不能下。"柳如是"奋身欲沉池水中"，却被钱谦益硬托住了。于是钱谦益便腼颜迎降了。其气节尚不如柳如是。

③ 清人评价柳如是的尺牍"艳过六朝，情深班蔡"。

④ 钱谦益娶柳如是后，为她在虞山盖了壮观华丽的"绛云楼"，金屋藏娇。两人同居绛云楼，读书论诗相对甚欢。钱谦益戏称柳如是"柳儒士"。

君发银双鬓，我绾青丝少。
君生我亦生，我生君未老。
君言正当时，我笑君贪早。
谁是山河主，常将春秋倒。
惟愿携从去，于世不相扰。
天与地同默，地与天同祷。
天地同此色，朝暮共寿考。
烽火最无情，堪哀万马喑。
裂素托鸿雁，离离南山阴。
河西不复存，河东已无君。
银勾怀袖去，妙踪无处寻[①]。
君身从国计，我身付兰心。
君担当前事，我论三世因。
君若有意归，我又何必嗔。
君挂帅印时，我剑已随身。
切切恋此意，勿负当世恩。
不复恨东流，江水两离分。

——丙申秋夜

[①] 柳如是善书画，后人称其书法"铁腕怀银钩，曾将妙踪收"。

五觉斋藏品

题记 适逢端午，读《离骚》而怅然。"及前王之踵武，承三王之大治"——这是谁的理想？登东鲁而南望，泪眼婆娑中重叠了谁的影像？屈子的"美政"理想，屈子的斗争精神，屈子的"朝饮木兰之坠露兮，夕餐秋菊之落英"……修己安人，追求美好，实现大同的道路上谁在孜孜不倦而又不卑不亢？诚惶诚恐答《离骚》，谨敬先贤！

新离骚

自屈子之去国兮，哀离骚之绝响。

告高阳①以悲怀兮，独凄凄而泣下。

朝披发于朝堂兮，夕行吟于泽畔。

履故土之道路兮，遇阻塞而行蹇。

绝美政于千里兮，独黯然而神伤。

时孟夏之滔滔兮，东去而不复返。

值草木以莽莽兮，此形容已枯槁。

借琼浆以问天兮，无垂赐以解忧。

数九重之混沌兮，答渔父以清白②。

随其流而扬其波兮，惟余所不能。

---

① 《离骚》载："帝高阳之苗裔兮，朕皇考曰伯庸。"高阳：指颛顼，屈原在《离骚》中指出其祖先为高阳帝。

② 楚辞《渔父》载："屈原既放，游于江潭，行吟泽畔，颜色憔悴，形容枯槁。渔父见而问之曰：'子非三闾大夫与？何故至于斯？'屈原曰：'举世皆浊我独清，众人皆醉我独醒，是以见放。'渔父曰：'圣人不凝滞于物，而能与世推移。世人皆浊，何不淈其泥而扬其波？众人皆醉，何不哺其糟而歠其醨？何故深思高举，自令见放为？'屈原曰：'吾闻之，新沐者必弹冠，新浴者必振衣。安能以身之察察，受物之汶汶者乎！宁赴湘流，葬于江鱼之腹中。安能以皓皓之白，而蒙世俗之尘埃乎！'渔父莞尔而笑，鼓枻而去，歌曰：'沧浪之水清兮，可以濯吾缨。沧浪之水浊兮，可以濯吾足。'遂去，不复与言。"

察世情之汶汶兮，宁握瑜而玉碎。
淤泥翻飞而倒悬兮，惊鲫鲤而惶惶。
不见皓皓之晴日兮，而怀沙以永诀。
抱石长沉以明志兮，当此身已消亡。

故都风华之在兹兮，闻兰台之余殇。[1]
昔伴君王之左右兮，尽帷盖之华章。
风云焕彩于宋玉兮，掩映日月之光芒。
北望庄衢之在齐兮，声息旌鼓于楚广。
穷至善之无极兮，虽九死而不悔。
生为天地之清明兮，死为生民而禀命。
有余音以发聩兮，哀虞舜之行远。
闻离娄已长睇兮，明珠昧于沅湘[2]。
江汉久兴风浪兮，将长此而以往。

何当将帅以御卒兮，任重而载盛。
君子无所向兮，行谦谦于何方？
纫兰以为带兮，裁蕙以为裳。

---

[1] 兰台最早为战国时楚国的台名，其上建有宫殿。《文选·宋玉〈风赋〉序》载："楚襄王游于兰台之宫，宋玉、景差侍。"唐张九龄《登古阳云台》载："楚国兹故都，兰台有馀址。"南朝梁刘勰《文心雕龙·时序》载："唯齐楚两国，颇有文学，齐开庄衢之第，楚广兰台之宫……屈平联藻于日月，宋玉交彩于风云。"

[2] 离娄：指明亮的眼睛。孟子曰："离娄之明，公输子之巧，不以规矩不能成方员（圆）；师旷之聪，不以六律，不能正五音；尧舜之道，不以仁政，不能平治天下。"

擢露以沥胆兮，餐菊以为粮①。

立地以为鉴镜兮，淘涤以为衷肠。

值日晷②正当午兮，悬白日以当阳。

喧鼓已恹恹兮，菖蒲已悬梁。

竞渡驱蛟龙兮，贮米以投江③。

五彩焕新颜兮，重华以复张。

终战国之乱象兮，惟仁义之泱泱。

思乐故土，思齐圣邦。

纵迢递以万里兮，当周游而径往。

施文王之大治兮，承周礼之气象。

入夜何当闭户兮，画地可为牢房④。

至善乃人之本性兮，尽美堪为理想。

胸藏蕙芷之馥郁兮，善御骐骥之毂辋⑤。

纵风餐于异国兮，何惜身死于他乡。

---

① 屈原《离骚》载："扈江离与辟芷兮，纫秋兰以为佩。""朝饮木兰之坠露兮，夕餐秋菊之落英。"
② 日晷：古代一种利用太阳投射的影子来测定时刻的装置。因端午节恰在夏至前后，太阳直射点在北回归线，太阳在天空中的位置是一年里最当中的一天。
③ 端午节的习俗：赛龙舟、挂菖蒲、往江中投放粽子。
④ 指文王之治，夜不闭户，路不拾遗。《孔子家语·好生》记载，虞、芮二国争田而讼，连年不决，乃相谓曰："西伯，仁人也，盍往质之。"入其境，则耕者让畔，行者让路。入其邑，男女异路，斑白不提挈。入其朝，士让为大夫，大夫让为卿。虞、芮之君曰："嘻！吾侪小人也，不可以入君子之朝。"遂自相与而退，咸以所争之田为闲田矣。
⑤ 车轮的边框叫辋（wǎng），车轮中心有孔的圆木叫毂（孔是穿轴的），辋和毂成为两个同心圆。《老子》说："三十辐共一毂。一端接辋，一端接毂。"四周的辐条都向车毂集中，叫作"辐辏"。

行道远以成大同兮,使天下以共享。

建国成其军民兮,惟教学以兴邦。

何当太平之源兮,推母训可堪当。

三太始立规矩兮,成周以八百年寿享①。

乱离生于不教兮,商纣覆于庚象。

忽暗夜之沉坠兮,哀星汉之晦亡。

问启明之安在兮,不辨乎北方。

此际若不生仲尼兮,长昧而慌慌②。

紫云降于尼山兮,蛟龙盘于石床③。

前有阙里之教子兮,后有凫村之迁张④。

复见虞舜之秩序兮,长使礼乐以和祥。

纵横乃经纬之法度兮,捭阖乃兵家之长。

诸侯不安于守疆兮,外扰于邻邦。

征尘载于辘辘兮,战国乱于雄强。

秦楚争于得失兮,使屈子以投江。

仁义已见忘兮,何当慰高阳。

---

① 三太:周朝的太姜、太妊、太姒合称"三太",是周朝三位开国先君的夫人,培养了三代明君,带来了周朝八百年的江山。
② 南宋朱熹《朱子语类》卷九十三载:"天不生仲尼,万古长如夜。"
③ 据汉司马迁《史记》载:"祷于尼丘得孔子。"孔母在尼山祈祷而生孔子。后有孔子在夫子洞中"龙生虎养凤打扇"的传说。
④ 孔母在孔父去世后,带着三岁的孔子搬家到阙里。孟子的母亲为了更好地教育孟子,从凫村三迁其居。

哀哉，楚乡，

悲哉，国殇！

教化施于乡野兮，生民舞于八荒。

问礼于鲁殿兮，问道于丹阳①。

春秋已易兮，战国已封疆。

正海晏河清兮，雁呼鱼儿浅翔。

值岁祭以在望兮，思大夫以还乡。

重联藻于兰台兮，复修史于馆藏。

政清明民安乐兮，子贤孝而父纲。

每年少有壮志兮，齐家而后安邦。

水汤汤永不绝兮，文煌煌于东方。

彩凤既鸣于昧旦兮，青鸟已起翔②。

惟民生乃大计兮，充户槛以安康。

五彩织于锦绣兮，擢吾足于沧浪。

有仁心不敢弃兮，使幼儿以茁壮。

取草木之精华兮，茸逸枝之虚张。

承我祖之根脉兮，养我族之轩昂。

---

① 延陵季子季札曾出使鲁国，以观周礼。《左传》载："吴公子札来聘，请观于周乐。使工为之歌《周南》《召南》。赞曰：'美哉！始基之矣。犹未也，然则勤而不怨矣……'"季札三次让国，提倡礼乐，深受孔子的尊重，有"南季北孔"之说。在今丹阳有延陵季子墓。

② 传说帝舜时和周文王时凤凰都曾出现，预示着时代的兴盛、事业的成功。《论语·子罕》载："凤鸟不至，河不出图，洛不出书，吾已矣夫！"孔子认为，凤凰不出现，没有河图（圣明的君王），我（我们）已经没有希望了。青鸟是有三足的神鸟，出于《山海经》，是传说中西王母的使者。代表送达书信、消息的鸟，也可以说是信使。唐李商隐《无题》载："蓬山此去无多路，青鸟殷勤为探看。"此处比喻政通人和。

奏九歌而舞韶乐兮，挽邻里之臂膀。
不负夫子于梓里兮，不负大夫于汨江①。
堪告轩辕于九州兮，可慰贤明于四方。
川上闻谆告兮，曰：
洙泗荡荡，汨江汤汤②。
有清明之正象兮，无楚辞之悲怆。
问九天之遗愿兮，当吾辈以告飨。

——丁酉端午在望，于孔孟故里作此文以敬先贤

尼山夕照

① 不辜负孔孟故里的孔子，也不辜负投身汨罗江的屈原。比喻修养品格，认真做教育。
② 洙水、泗水和汨罗江都在奔流不息着，比喻精神的传承。洙泗，即洙水和泗水。古时二水自今山东省泗水县北合流而下，至曲阜北，又分为二水，洙水在北，泗水在南。春秋时属鲁国地。后世洙水改道入汶水，与泗水隔绝，故道已湮。今洙水在曲阜孔林东，西南流入沂水，其实是另外一条河。孔子在洙泗之间聚徒讲学。后以"洙泗"代称孔子及儒家。

河上人家　兼和何岱新先生

君不见，

运河之水出幽燕，迢迢南下杭州湾①。

万马奔腾呼啸至，百剑倏忽风浪湍。

裹泥带浆纤夫泪，携血融汗生民艰。

步步莲花原因恨，声声悲咽啼杜鹃②。

破关通隘本大举，奈何俯首有屈冤。

拨云见日宜放眼，碧波化育万顷田。

一度巡游靡费事，代代拍案话当年③。

当年龙舟流光盏，换作百姓打渔竿。

洋洋漫赋千古事，摇橹寻游十八湾。

梓里沉浮原不知，阅君一卷识变迁。

雄壮比肩长城路，兴利堪解大禹难④。

唤声母亲不为过，滋养新生一力担。

---

① 京杭大运河北起涿郡（今北京），南到余杭（今杭州），途经浙江、江苏、山东、河北四省及天津市，贯通海河、黄河、淮河、长江、钱塘江五大水系，主要水源为南四湖（山东省微山县微山湖），大运河全长约1797公里。

② 步步莲花：民间流传，隋炀帝东游途中，一女子名吴月娘因痛恨其残暴，将长三寸、宽一寸的莲瓣小刀裹于足下，并在鞋底刻上莲花，步步生莲，引起了隋炀帝的关注，但刺杀未果。杜鹃：李商隐的《锦瑟》中有"望帝春心托杜鹃"之句。望帝是古蜀国的国君杜宇，善种庄稼、治水患。古蜀国经历了一番变化，望帝死后变成了杜鹃鸟，在暮春三月啼鸣。此处指思念家乡的悲怨。

③ 隋炀帝在位期间不停地巡游，"靡有定居"，在位十余年，几乎都出游在外。曾北出长城，西巡张掖，南游江都。《隋书》载："频出朔方，三驾辽左，旌旗万里，征税百端，猾吏侵渔，人不堪命。乃急令暴条以扰之，严刑峻法以临之，甲兵威武以董之，自是海内骚然，无聊生矣。"

④ 指开凿京杭大运河如同大禹治水、修筑长城等有重大的历史意义。皮日休曰："尽道隋亡为此河，至今千里赖通波。若无水殿龙舟事，共禹论功不较多。"

第三篇　诗赋：壮哉山河　283

齐鲁厚土载物华，砥柱中流荫中原。
尚书领命通须济，几经疏滞保丰年①，
连营兵甲齐上阵，举城百姓共支援。
开闸蓄泄千年计，经旱不涸百里川。
旧年闭户赖耕作，守古循规待至元。
剪茅成屋草作盖，逐水而居土为垣。
醒盼春来鱼满罟，枕待秋晚藕盈川②。
不知扬州明月夜，万家灯火已阑珊。
幸借航运三分利，自成市贸车马喧。
行如攒蚁寻隙过，栉比码头总无闲。
仓廪供粮岁万石，地富有物日成山③。
鸣笛长嘶动河岳，玉带横架惊广寒。
红罗绿翠七彩锦，商铺酒肆五色幡。

---

① 尚书即宋礼，奉命到济宁治河，采纳白英老人的建议，疏浚会通河，建戴村坝，开挖小汶河，引汶水及山泉水济运，建南旺运河分水枢纽等项工程。宋礼治运成功，保证了明代漕运的畅通。《明史》列传第四十一载："宋礼，字大本，河南永宁人。洪武中，以国子生擢山西按察司金事，左迁户部主事。建文初，荐授陕西按察金事，复坐事左迁刑部员外郎。成祖即位，命署礼部事，以敏练擢礼部侍郎。永乐二年拜工部尚书。……九年命开会通河。会通河者，元至元中，以寿张尹韩仲晖言，自东平安民山凿至临清，引汶绝济，属之卫河，为转漕道，名曰'会通'。然岸狭水浅，不任重载，故终元世海运为多。明初输饷辽东、北平，亦专用海运。洪武二十四年，河决原武，绝安山湖，会通遂淤。永乐初，建北京，河海兼运。海运险远多失亡，而河运则由江、淮达阳武，发山西、河南丁夫，陆挽百七十里入卫河，历八递运所，民苦其劳。至是济宁州同知潘叔正上言：'旧会通河四百五十余里，淤者乃三之一，浚之便。'于是命礼及刑部侍郎金纯、都督周长往治之。"
② 京杭大运河贯通海河、黄河、淮河、长江、钱塘江五大水系，主要水源为南四湖（山东省微山县微山湖），微山湖物产丰富，向来有"日出斗金"的说法，鱼类现有数十种甚至更多，以鲤鱼为主，经济鱼类主要有鲫鱼、黄鱼、乌鳢、红鳍鲌、长春鳊和鲤鱼6种，湖内种植荷花。
③ 修筑大运河水脊工程使得大运河畅行无阻，漕运能力大大提高。每年从东南运粮米几百万石（最高达到五百万石），接济京师。大运河真正成为南北交通运输的大动脉，对我国南北经济、文化的交流和内河航运事业的发展起了重要的促进作用。

器负盛名竹竿巷，味压江南玉堂园①。

圣驾亲临镌御碑，太白遗风在民间。

渔夫船头虽袒脯，悬酒船尾敬谪仙②。

巷口小儿能书字，折桅为笔川为宣。

起落皆有圣人度，转漕上国礼仪先。

南人疾走黄金道，直指京都卸货船。

乘舟半程不肯过，此处风物有洞天③。

朝来拜别一樽酒，嘱客他日再回还。

蓑翁寒户无长物，为君烹鱼点炊烟。

汤汤河水谆谆意，浩浩儒风掣掣帆。

暖风熏得骚人醉，便是工部也赘言④。

一朝通达南北路，江南江北尽江南⑤。

烟水潋滟潭百丈，菡萏香醺透九天。

---

① 竹竿巷位于山东省济宁市老运河南岸，是伴随着元代开凿运河应运而生的，自元代京杭大运河改道济宁后逐渐发展起来，以经营竹编、土产、杂货等为主的济宁著名手工业作坊区。漕运的畅通带来济宁货畅其流、商贾云集的景象，北方的皮毛、药材，南方的丝、竹、茶叶、陶瓷沿运而至，鲁冀豫皖上百县盛产的粮、棉、油装船外运，南北商人汇聚于此。济宁城内先后有九个省的商户建立了七处会馆，均布局在竹竿巷周围，呈现出"通渠要道、运河两岸店铺林立"的繁荣景象。航运的畅通，贸易的繁荣，手工业的发达，加之水司衙门林立，朝廷命官纷至沓来，金钗玉坠招摇过市，强力刺激着竹竿巷建设规模的扩大和风格的形成，一度使竹竿巷在济宁这座古老城池里名声大噪，令人流连忘返，成为济宁城区一张亮丽的文化名片。
玉堂酱园位于济宁市，现名山东玉堂酱园有限责任公司，始建于1714年，至今已有三百年历史，是鲁西南地区唯一的"中华老字号"企业。慈禧曾夸赞：果然味压江南、名驰京省。
② 谪仙：李白。据传曾在济宁生活了23年。
③ 乘舟半程：济宁市大运河的中间点，到南到北距离相当。
④ 工部：杜甫。杜甫到济宁（时称任城）游历，有诗《与任城许主簿游南池》："秋水通沟洫，城隅进小船。晚凉看洗马，森木乱鸣蝉。菱熟经时雨，蒲荒八月天。晨朝降白露，遥忆旧青毡。"此诗生动地描绘了济宁多姿多彩的水乡秋色图。在今南池建有少陵祠。
⑤ 济宁被称为江北小苏州，那时景象堪比江南。

澄泫开鉴铺锦绣，鸢鹭齐翔向云端。
娉婷云步楚腰舞，疑是仙娥浣曼衫。
皓齿微启曲已远，误入鸥浦忙采莲。
笛声三弄梅探影，银霜凛冽鲤惊寒。
钓者收竿踏雪去，鲈莼已为盘中餐[1]。
举物空蒙窗凝泪，独伴夜色月皎然。
秉烛起坐不肯卧，再读燕居运河篇。
宴设故地因念旧，同饮河水小儿男。
境迁本是寻常事，兴衰一笑莫凭栏。
莫凭栏，莫凭栏，任他华发两鬓添。
千古烟云岂足道，未若贪杯敬金兰。
河上人家有真义，携君重游少年滩。

——癸巳秋夜于任城

---

[1] 鲈莼：鲈鱼与莼菜。表示思乡之情，或表示归隐之志。《世说新语》中卷上《识鉴》载："张季鹰辟齐王东曹掾，在洛见秋风起，因思吴中菰菜羹、鲈鱼脍，曰：'人生贵得适意尔，何能羁宦数千里以要名爵！'遂命驾便归。俄而齐王败，时人皆谓为见机。"

运河往事

祭祀孔子母亲文

时维公元二〇一八年九月二十六日,岁在戊戌,序在仲秋,值尼山水阔,圣母泉清。尼山母爱书院邀请世界各地友好人士,心怀慈爱齐聚颜母祠前,以至诚之心,虔具清醴,以崇敬之情,谨备蔬果,敬祷于夫子母亲颜氏徵在之神位。

辞曰:

煌煌仪态,赫赫东方。

善怀天地,道在阴阳。

坤维千里,大泽炎黄。

子孙绵延,居于四方。

万事有生,万物有养。

诞育天命,累叶重光[1]。

甘露遗泽,大河汤汤[2]。

哀哀劬劳,昊天恩养[3]。

生来慈爱,为母则强[4]。

老牛舐犊,跪乳以偿[5]。

---

[1] 累叶重光:累世光明。《后汉书·耿弇传》载:"三世为将,道家所忌,而耿氏累叶以功名自终。"

[2] 遗泽:留下的德泽。《宋书·孝武帝纪》载:"猥以眇躬,属承景业,阐扬遗泽,无废厥心。"汤汤(shāng shāng):指水势浩大、水流很急的样子。见于《书·尧典》:"汤汤洪水方割,荡荡怀山襄陵,浩浩滔天。"

[3] 劬劳:辛苦地抚养子女。《诗经·小雅·蓼莪》载:"哀哀父母,生我劬劳;念劬劳之恩,星夜前来,以全孝道。"昊天:昊天上帝。主宰天地宇宙的神,代表天或者等同于天。此处表示父母之恩如天。

[4] 见于梁启超《新民说》:"妇人弱也,而为母则强。"

[5] 跪乳:表示知父母之恩。见于古训《增广贤文》:"羊有跪乳之恩,鸦有反哺之义。"

泉出泗河[1]，润泽邑乡。

祷于尼山，得子斯邦。

前朝遗罪，礼坏商汤。

圣人既出，以复纲常[2]。

庠序谨立[3]，百姓安康。

金声玉振[4]，嘹亮穹苍。

大哉夫子，发于蒙养。

有母颜氏[5]，既温且良。

禀明大义，果敢礼让。

既嫁且从，圣母德旺。

启圣先王[6]，早归天罔。

子方三岁，日煎路长。

宏德无私，阙里丈量。

维涉维艰，孟皮为长[7]。

[1] 泗河：古称泗水，今名泗河。发源于泗水县东蒙山南麓，四源并发，故名泗水。《水经注》引《博物志》曰："泗出陪尾，盖斯阜者也。"泗水流经鲁城北，泗水南有孔子墓。
[2] 周朝末年，礼崩乐坏，孔子创立了儒学，意在建立良好的社会秩序。
[3] 庠序：指古代的地方学校，后也泛称学校或教育事业。《孟子·梁惠王上》载："谨庠序之教，申之以孝悌之义。"此处指孔子建立了教育体系。
[4] 金声玉振：以钟发声，以磬收韵，奏乐从始至终，比喻音韵响亮、和谐。也比喻人的知识渊博，才学精到。今曲阜有金声玉振坊，建于明代嘉靖十七年（1538年），"金声玉振"四字为明代学者胡缵宗手迹。坊后为"泮水桥"，桥下泮水原上游接古泮池，下游流经明城正南门西水门入护城河。《孟子·万章下》载："集大成也者，金声而玉振之也。金声也者，始条理也；玉振之也者，终条理也。始条理者，智之事也；终条理者，圣之事也。"
[5] 颜氏：孔子的母亲颜徵在。
[6] 启圣先王：孔子的父亲叔梁纥。宋真宗大中祥符元年（1008年），追封叔梁纥为"齐国公"，母亲为"鲁国太夫人"，并在孔庙内建专祠祭祀。元至顺元年（1330年），又加封孔子父亲为"启圣王"，母亲为"启圣王夫人"。
[7] 孔子三岁时，孔子的父亲去世，孔子的母亲颜徵在带着孔子和他的哥哥孟皮迁居到阙里。

大道兼程，教子有方。

不拘天性，增益学堂。

持家克勤，礼容以飨[①]。

一迁之义，万古流长。

盛年身丧，音容茫茫。

凄凄天地，苍苍草莽。

幽冥永隔，钟郝遗芳[②]。

孝在双葬，为母归享[③]。

天之木铎[④]，声闻八荒。

仁爱之源，四海流觞。

太庙配享，饮泉萱堂[⑤]。

以备牲醴[⑥]，以全家邦。

身范宛在，懿德[⑦]昭扬。

有女来朝，告祭于堂。

---

① 礼容：礼制仪容。《史记·孔子世家》载："孔子为儿嬉戏，常陈俎豆，设礼容。"
② 晋代司徒王浑的妻子钟氏和王浑弟王湛妻子郝氏，都有好品行。后世遂用"钟郝"指代贤妇。南朝宋刘义庆《世说新语·贤媛》载："王司徒妇钟氏女，太傅曾孙，亦有俊才女德。钟、郝为娣姒，雅相亲重。钟不以贵凌郝，郝不以贱下钟。东海家内则郝夫人之法，京陵家内范钟夫人之礼。"
③ 孔子母亲去世后，孔子将母亲与父亲合葬在防山。
④ 木铎：以木为舌的大铃，铜质。古代宣布政教法令时，巡行振鸣以引起众人注意。比喻宣扬教化的人。《周礼·天官·小宰》载："徇以木铎。"《论语·八佾》载："天下之无道也久矣，天将以夫子为木铎。"
⑤ 配享：合祭。萱堂：母亲居住的地方。在中国的文化意象里，萱草代表母亲和孝亲，《诗经》疏称："北堂幽暗，可以种萱。"古时候，母亲居屋门前往往种有萱草，故母亲所居之处为萱堂，也代称母亲。
⑥ 牲醴：指祭祀用的牲口和甜酒。牲：家畜，牲灵。古代特指供宴飨祭祀用的三牲牛、羊、猪。醴：甜酒。
⑦ 懿德：美德。《诗·大雅·烝民》载："天生烝民，有物有则。民之秉彝，好是懿德。"

今我华夏，大道浩荡。

俯仰之事，双肩以当。

女子有德，贤孝双彰。

女子有智，日月同光。

女子有命，民族荣昌。

女宗共仰，太平永享。

呜呼哀哉！伏惟尚飨！

联合国妇女署相关官员、各国友好人士共同祭祀孔子母亲

题记 己亥与庚子之交,一场突如其来的疫情开始蔓延,人们开始惊恐,开始反思,开始发问究竟应该怎样为人立世,怎样与自然万物相处。一向忙忙碌碌的人们在家庭和社会角色中各归其位。一日,小儿读到诸葛亮的《诫子书》,问:"你能写封家书给我吗?"由是,遂作此篇。

告子书

  夫天地之行,有其道也。道者,不可违也。当谨敬以自立于天地也。立则成材也,材者,直而上也。参天之木,必先立其根本。何为根也?仁也。何为本也?爱也。仁爱不可舍也,舍仁爱则为枯木也。身枯志销,年驰意懒,自废于世,岁不我与,纵人间有春,亦难复生矣!无用于当世,无见于未来也。须知立本之要,可鉴《诫子》[①]之言也。立本先应广智也,广智先应志学也,志学先应宁静也,宁静非独以致远,首在固本也。固本则应世之变化也。山崩无以移志也,海怒无以动心也,风云无以撼其根本也。材之用也,力可达也,难可纾也,危可安也。静以应动,立以应变。生之贵在立,立之贵在义也。人事备,内外一,天地和也。如此,君子立世,则无患矣!

——子年新春逢疫有思以诫子

[①]《诫子书》是三国时期政治家诸葛亮写给他儿子诸葛瞻的一封家书。文字简练严谨,体现了一位父亲对儿子的殷殷教诲与无限期望。成为后世历代学子修身立志和家庭教育必不可少的名篇。

茂名冼太故里冼夫人像

冼夫人授我以心力

"宇宙即我心，我心即宇宙。"人之心力，可上九天揽月，可下五洋捉鳖。百尺巨浪，落子无声，至宏大而又至精微。不可谓不高深悠远。

长久以来，煌煌数千年文明，我中国大众自立于天地，与世间万物互相养塑，与四方诸国和睦相处，以正义道德为根本，以天地公德为追求，谋和合共存之大道。向不犯人，拱手揖行，自图光明，心力维新。

值世界纷争动荡之时，我中华之东南西北，已四海晏然，不可谓不威武严整。每有疾病、挑衅侵扰，举国一心，驱逐消灭于无形。万民同持一把宝剑，以光明与黑暗相搏杀，使天道为之昭然。时下，新冠初歇，洪水又起，武汉、郑州，皆我国我民，如何不举国揪心？细细思之，侧耳听之，警钟一起，余音渺远。实是攫取自然之必由，聪明才智造就物品富足，反生索取贪腐无度之心，在官僚、商贾、学者、农工皆向利益伸手之时，智者动心忍性，杀断心魔，振作河山，导入国民自省之正途。心力维新，首要当振精神！

精神之患，患在何处？舍宏大而思细微，当今行遍天下者，非思想、非德行、非学说、非脚力，而是无线通讯、急速发展附带的精神"桎梏"。时代之便利，本联系沟通之用，却挖空精神之实。尤其我青年一代，昏昏不知所往，恹恹不知所求，但虚度光阴，随波逐流，徒耗物资，无所建树。长此以往，其患大，其害深。

心力维新，方在何处？中华女子，亮剑岭南，寒光达于海外，卷刃恩恤族民。如千磨万砺之珍珠，成南海无二之瑰宝。冼夫人生身于岭南部族，秉持英勇无畏之本色，开放融合之胸襟。目光有鹰隼之炯炯，谋略比海岸之绵长。领土不容外族侵犯寸土，民愿甘以一己之力担当。夫人历三朝十代，明识图远，贞心峻节，不称王、不称霸，无私无欲谋取一方之安宁。历代帝王无不感佩，身后追封诚敬夫人。存诚居敬，为无上心法。世间民众无不敬仰，匍匐拜谒口呼圣母。南海归本，国内一统，功在一女子也！想她故国覆亡之时，子孙阵亡之际，岂不痛心疾首？人皆有情，实是超越了女子、母亲、首领本身的苑囿，为万民计，舍小我而成大图。此为历史之选择，民心之所向。冼夫人每每年例告诉子孙"唯用一好心"，以期后世教育之用。时至今日，依然受教！

今日谈心，古今一也。细细思来，初心何在？在于"忠、爱、志、慈、慧、诚、识、谦、谨、诚"，在于"受之刀斧，报以芬芳"，在于"觉，即自在"，在于"唯用一好心"，在于"我将无我"的担当。

何以担当？

当下之责任，是将心力生发至宇宙，俯瞰生我之地球，以千年文明充实心囊，将东西精粹融汇胸中，以与时俱进之步伐，与科学和真理相携行。贡献身心，践行宏愿，担当责任，发轫精神。五湖四海得以光大，世世代代得以永续。惟此，在世界风云激荡之时，人类文明前途昭然，天下苍生幸福可期，一草一木岁序枯荣，宇宙秩序井然不紊。

冼夫人之精神，使我以心灯点亮希望，起荧火于希望之田野，照亮浩瀚之宇宙。立此大志，百折不回，心力维新，舍我其谁？

——辛丑夏于广州五觉斋

宋　佚名　九歌图（局部）　故宫博物院藏

题记 2022年5月18日，在孔、颜两大家族的共同努力下，孔子母亲颜徵在诞辰2592年纪念活动在曲阜尼山相衔相邻的邹城市田黄镇宋家山头村颜母祠圆满礼成。据颜廷淦先生从颜氏家谱中考证，孔子母亲颜徵在诞辰日为辛卯年（公元前570年）夏四月壬戌日。这是具有重大意义的一次活动。作为颜母祠的守护者，我的心情是无比激动的，孔子母亲将得到更多人的了解和尊重。有幸受复圣颜子七十八代嫡孙、中华文化促进会颜子文化委员会会长、世界颜氏总会署理会长颜廷淦先生委托作祭文，并由颜会长亲书。

我们应该记住这一天，这是：
史上第一次明确提出孔子母亲颜徵在诞辰日。
第一次孔、颜两大家族共同祭孔子母亲！

壬寅年祭祀孔子母亲颜徵在祝文

时维公元2022年5月18日，岁在壬寅，序在孟夏，值启圣王夫人孔子母亲颜徵在诞辰2592年，世界孔子后裔联谊总会、中华文化促进会颜子文化委员会携孔、颜后裔代表及各界友好人士，谨备鲜花蔬粟礼乐，肃立于颜母祠前，恭祭孔子母亲颜徵在。

其辞曰：

渺渺长天，浩浩仁风。
大哉夫子，玉宇澄清。
天苍地黄，皓日当空。
昌平梓里，睦睦和宁。
尼山致祷，圣母感梦。
二龙盘绕，五老降庭。
神女香沐，和乐奏鸣。

麒麟降瑞，百兽护圣。
智源水远，泉涌坤灵。
茫茫长夜，民意是听。
大道人伦，悲悯苍生。
悦迩来远，德声隆隆。
孔氏先祖，煊赫武功。
颜门家风，书香传承。
骨血天赋，德性养成。
颜氏徵在，既良且恭。
孑身劬劳，沥雨经风。
毅迁阙里，母教开宗。
礼在东鲁，学寓躬行。
具陈俎豆，新设礼容。
亲教诗书，礼乐偕从。
斯文在兹，期月可成。
润泽圣心，天道周行。
家国天下，有母则宁。
惟贤惟大，至厚至诚。
今我来朝，告祭诞生。
母仪垂范，懿德昭明。
其道大光，万物昌荣。
伏惟尚飨！

——李子君、颜廷淦撰

颜廷淦书《壬寅年祭祀孔子母亲颜徵在祝文》

水之力

水，即为上善，上善即为大公。利万物而不争，容天下于无形。非志于八荒，而四海因之而生；非据于九德①，而大道因之而行。

超然物外，立于宇宙而观寰宇，间于混沌成其大观者，洋洋乎，水也。

夫芸芸众生，泱泱乐土。天有风云雷电，地有江河湖海，纵横有千钧之力，阡陌呈和美之态。开疆扩土莫不承于其大势，人间诸事莫不赖于其德养。实为生之肇源也，力之初发也。成其生命者，非有一己之好，非有一念之私，乃为公天下也。其性为天下之性，其情为天下之情。是故，水者，大哉！

自上古以至而今，黄河为天下苍生之念也。余未尝得观黄河壶口②之大势，今领雾灵飞瀑，已然魂飞于体外，神游于山间。人间纷扰深处，尝自囿于牢笼，乃人之刚性使然。世间万事，不独尊其一己之利，故而戚戚不能释然焉。人生之道路不若水之所向，就形而下，自西奔流，径往不回，初心之发，东去之志，不可移易。红尘之纵横，阡陌

---

① 九德：古代贤人具有的九种优良品格。古代九德之说有三：《书·皋陶谟》载："皋陶曰：都，亦行有九德，亦言其人有德，乃言曰载采采。禹曰：何？皋陶曰：宽而栗、柔而立、愿而恭、乱而敬、扰而毅、直而温、简而廉、刚而实、强而义，彰厥有常，吉哉！"《左传·昭公二十八年》载："心能制义曰度，德正应和曰莫，照临四方曰明，勤施无私曰类，教诲不倦曰长，赏庆刑威曰君，慈和徧服曰顺，择善而从之曰比，经纬天地曰文。九德不愆，作事无悔，故袭天禄，子孙赖之！"《逸周书·常训》载："九德：忠、信、敬、刚、柔、和、固、贞、顺。

② 壶口瀑布处于秦晋峡谷的南段，河西属陕西省宜川县境，河东与山西省吉县相连，是中国一处大型峡谷瀑布景观。黄河奔流至此，两岸石壁峭立，河口收束狭如壶口，故名壶口瀑布。黄河入"壶口"处，湍流急下，激起的水雾，腾空而起，蒸云接天，似从水底冒出的滚滚浓烟，十数里外可望。异常壮观。

经纬，聚散分合，常迷途于交互得失之间，生死有无之念，混沌于云雾之象，阴暗之蔽，故不知东之所在，命之所往。故，心源不能汇入江海矣！

今观山非山，乃乐于水也。

夺其势者，有洪钟之声，淙淙铮铮。溯源而上，人罕至矣。我，在其中而又不在其中矣。狂风骤至，暴雨忽来，缘石倾泻而下，如云中猎豹，下山猛虎。一路搏击，不让百万雄兵。世间妙处，于斯时生矣：碌碌营营之身，反入若有若无之境。我乃本我，水乃真我。妄知君之来处，攀援直上，兴味索然。巨石横卧，累年冲刷，舒缓圆滑，林木合抱，郁郁葱葱，遮天蔽日。畅披苍穹华盖，同结仙境之庐。有小桥横跨，水流俯身而过，甘就其下，继而腾跃奔涌，就势有相惜之情，遇阻有劈天之势，实为至情至性。行至八百，于万仞之巅，轰轰烈烈，飘飘渺渺。忽而有壮士之发，忽而有神女之态；遣神兽腾云，似银蛇游走；若捻须于东海，比太子之龙脉；借广寒之玉镜，若弥勒之开怀；大象无形，却似瑶台如意遗落此间；大音希声，犹若银河鹊桥倾斜倒灌①。

人云此山之高，耸入云霄矣。仰观此间气象，心骛神驰，似有求仙之能，得道之法。凉石斜倚，碎玉枕听，不见人间烟火，远却世间繁华。然，此其象也，非其神也，此其表也，非其力也。山之高者，不在峰刃之所向，而在流水之所经；不在鹰鹟之所望，而

---

① 瀑布既有壮士般的刚，又有神女的柔美；似乎是神兽在腾云驾雾，又像一条银蛇在游走；像在东海捻着龙王的龙须，又像是龙太子的龙筋；借来了广寒宫的月亮当镜子，又像是弥勒佛在开怀大笑；这样盛大的景观反而没有了具体可以形容的形象，越是大气度往往越包容万物，好像玉如意遗落在人间；声势之浩大反而飘渺无形，像银河倾泻下来。

在草木之所生；不在众生之所往，而在谢公之所发；不在世人之所名，而在云雾之所衷。万切所指，终为凡俗之所见，纵有擎天之势，不乏登极之能。故鹰翔九天，俯观就下，一览无余，何以成其大？水之所在，观不得其形，闻不得其源，虽无钟鼓开道，举幡起势，惶惶似十面埋伏，轰轰似百万雄兵。故道饮一斛，汲汲自满，焉能知其深也①。君之观山，以为山之立也，磊石为骨，叠嶂为峰，犹少年之锋刃，若草木之旁生，接岁舆之风霜，成造化之道场，凛凛然也。然，非智也，非乐也，非善也。

上善之善，在于水也。

水之智，收放自如，藏则久居地下而不露，出则喷涌直上而不匿。不患多寡，细流则涓涓不息，江河则奔腾豪放。动静咸宜，顺山势而有一跃之勇，以为流瀑；为处子则娴静映日，以为寒潭。不避险境，流沙则携沙而下，遇岩则身碎溅花，临崖则飞身殉道，遇阻则绕道直下；升则蒸汽为雨，落则飘飘洒洒；困则安享静好，奔则滔滔不绝。故，溪不以细而小，海不以深而大。随变就行，率性适法。智者，自然之态也。

水之善，善利万物而不争，以至柔之性成上善之法。可夺兵之利器，可去山之棱角，可载大舟于江海，可照日月于闲潭。善生万物，以养五谷，急民生之所急。观照过往，鉴镜未来，有载覆之警，有流逝之叹。此之善也，不显于扬名，不营于利益，不浮于云霞，不畏于

---

① 故道饮一斛，汲汲自满，焉能知其深也：指只是饮了一瓢水，就自满了，怎么能知道它的高深呢。取典于齐景公和子贡的一段对话。子贡在回答齐景公之问时，把孔子比喻为大海、泰山，而他只是取一瓢之饮，捧了一捧土，以此说明孔子智慧的高深。

险恶。

善者，大公也。

上古洪荒，禹承大命①，湮洪水、决江河、通四夷、定九州，十数年治水，非为水之患也，乃为顺导其利，以养生民，而有山川峥嵘，仓廪殷实。水之势，不可逆也。善利导者，善运水之力也。

故，智者观而兴叹。

为君子者，逢水必观②。

老子布其大德③，有上善之利，成不争之争，执不言之教，从无为之为。

夫子因其不息而察其德性；因其卑下而循其义理；因其不惧而体其勇武；因其平和而知其微达；因其发心不改，东至不回而见其至仁至善，其为力之所达也。

大禹有顺导之功，老子有修身之法，夫子有从善之道。

故，大德若水，兵形若水，善渊若水。水者，仁也，公天下也。

一方之风，不以绳矩之墨以养百世文明；一国之力，不以霸王之心而成千秋鼎业；一念之善，不因损益之争而立有用之身。

---

① 指大禹治水的传说。三皇五帝时期，黄河泛滥，大禹从父亲鲧治水的失败中汲取教训，率领民众，改"堵"为"疏"，历经13年最终治水成功。《史记·夏本纪》载："禹伤先人父鲧功之不成受诛，乃劳身焦思，居外十三年，过家门不敢入。"《庄子·天下篇》载："昔者，禹之湮洪水、决江河而通四夷九州也，名山三百。"
② 出自《荀子·宥坐》。孔子观于东流之水。子贡问于孔子曰："君子之所以见大水必观焉者，是何？"孔子曰："夫水大，遍与诸生而无为也，似德；其流也埤下，裾拘必循其理，似义；其洸洸乎不淈尽，似道；若有决行之，其应佚若声响，其赴百仞之谷不惧，似勇；主量必平，似法；盈不求概，似正；淖约微达，似察；以出以入，以就鲜絜，似善化；其万折也必东，似志。是故君子见大水必观焉。"
③ 出自老子的《道德经》第八章："上善若水。水善利万物而不争，处众人之所恶，故几于道。居善地，心善渊，与善仁，言善信，正善治，事善能，动善时。夫唯不争，故无尤。"

修身者，水性也。为万物所摄收，周遍一切色法①，则善心备焉。

治世者，水德也。不舍昼夜，谦下善处，则大道行焉。

出入由心者，力达天地者，忘乎物我者，水之道也。

登高之时，无纷繁之扰；云雾升腾，乃水气之盛。

此间气象，无我无他，无万事万物。幻化无形，空灵湛静。

惟高山流水之音不绝于耳，不知来处，忘却归途。

"行到水穷处，坐看云起时。"

水，无物也！我，非我也！力之所在，忘也！

——戊戌夏于雨中雾灵山

雾灵山飞瀑

---

① 色法：佛教用语，指一切有形的物质。析为色、声、香、味、眼、眼耳、鼻、舌、身、法处所摄色的十一种。

运河赋

道之术存乎期间,天下大计仰此一举。治河也,治世也,其害有二:曰决忽见,曰溢频发。今夫安于乐者,不知斯时之忧也。天地之所以为开,乃造化孕生,混沌分明,辟出鸿蒙,拔擢昆仑。星宿聚而在上,百川泄以下流。九天分野而拱虹霓,地望神州而化戎狄。物有化育,民有生养。川流下万仞,骋吞沧海;大江向东流,道贯于一。自《禹贡》载黄河,成其故道,武王南归,夫差开锹,始皇通渠,武帝防塞,前有汉决瓠子之险,后有晋合汶水之道,三国不废各修水道之力,隋唐遂成河渠沟连之象。宋元明清复决为害,屡害屡治。水之利历代存焉,水之患亦不绝也哉。①然,大禹治水,成古圣之法,定山川之位;隋开运河,岁费万万,慨叹不绝。盖不知其百转千回,每每堵塞瘀滞,疏浚之劳,志于千秋矣。洋洋大河,济济行舟,山河务本,社稷是从。四海宾服,万世垂功。自元建国,四方贡赋、军需粮饷皆入于大江,江南、浙西之备,涉大江而入于淮,役役然劳形悚心逆流而至中滦,于此,力有不逮,行舟已尽,于陆路入于淇门,转漕御河,达于京师。累年靡费劳资,无所成焉。世祖乃置海运。二十六年始开会通。起须成安山西南,借寿张以至临清,潴废渠,修邗沟,导汶水以达于御河,由此,南接淮、泗,北通白、卫。斯时,以立漕法,渐弃海运,南北通矣。永乐

---

① 《日知录》载:"黄河载之《禹贡》,东过洛、胸,至于大伾;北过泽水,至于大陆;又北播为九河,同为逆河入于海者,其故道也,汉元光中,河决瓠子东南,注矩野,通于淮泗。武帝自临,发卒数万人塞之,筑宫其上,名曰宣防。导河北行,复禹旧迹,而梁楚之地复宁无水灾,自汉至唐,河不为害几及千年。"《五代史》载:"晋开运元年五月丙辰,滑州河决,浸汴、曹、濮、单、郓五州之境,环梁山,合于汶水,与南旺蜀山湖连,弥漫数百里,河乃自北而东。"

年间成其大象。① 是故，京、津、冀、鲁迅而崛起，淮、扬、苏、杭渐成旺都，济宁府居其中也。然，天道无常。自汉虽上有封祀之举，而下无立足之所，泛河无一轻舟，百姓皆为鱼鳖。河伯易怒，蛟龙善舞，大河不御于皎日，浊浪觊觎于平原。忽怒兵临城，守堤卸甲。吞天噬地，一泻千里。百里不复见兮，山林已蒙难，哀我生养之苗裔，惜我合抱之壮木。何由降此灾，何由罹此患也。河口已决兮，长恨而抱泣。望我中原之地，鲸吞济泗，四百余里奔肆，千万野老无依。壮民丁夫手拉肩扛，弱妇幼子携箕持帚，以御黄淮之患、决堤之险。济宁州同知潘叔正上书提议，工部尚书宋礼等领命，发济、兖、青等山东丁夫一十六万余以疏浚会通，其长达三百有八十五里。② 野老白英，六思治河之法，导引南旺水脊之难，以权水运之便，合渠汇源而至，设闸分而治之。故，水作三七之分供南北之用，闸设三十八座利大河通达，至今不弃。余尝观戴坝虎啸，惊天动地，大势磅礴。一瀑倾泻，飞翠溅玉，势如万马奔腾，又见蛟龙出渊，百里外闻雷鸣之声，登坝台如俯临沧海。遥瞻南望，"分水龙王庙"以祭其功，百代不废。③ 是时，居所有定，百业有常。于济宁州置粮仓，造船只，设督府，领卫军，海运即罢，转运里河。里河者，舍江海而入于河，自通州其来有自，其源不一也。是为里也，亦为漕，又名之曰：运河。④ 泱泱中华水脉，汤汤奔流不绝，北起会通，南下

---

① 明弘治九年（1496年）丙辰春三月戊子，奉敕管理河道工部郎中晋阳王琼作《漕河图志序》。
② 数据源自《漕河图志·漕河建制》。
③ 治河老人白英，山东汶上人，明初著名农民水利家。因治河有功，于明正德七年（1512年）被追封为"功漕神"，建祠于南旺。清雍正、光绪皇帝追封他为"永济神"和"大王"，受到人民敬仰。至今汶上南旺有"分水龙王庙"。
④ 《漕河建制》载："里河者，江船不入于海而入于河，故曰里也。里河自通州，而至仪真、瓜洲，水源不一，总谓之漕河，又谓之运河。"《日知录》载："因河以为槽者，禹也。壅河以为漕者，明人也。"

扬州，凡三千余里，沿河有置，军卫有司。分合已定，大势即成。细流由寡及众，陂塘蓄小及大，闸堰由废而置。中央之治当赖民意，中脊之患当仰民智。我大国之水土，民以耕之养之，则水亦有情，逶迤曲折而能保民，故，水虽至大，而民堤不溃矣。噫吁嚱岂不大哉！遑论四方，独观我儒韵故里，览元明清数百年之盛象，天宇顿开，城郭重固，青山以为障，长河以为带，青苗铺若席，桑麻密若筛，画船如排兵，鱼虾作游蚁。望山则嵯峨青翠，观水则澹荡微澜。起乎舟楫锵然，归乎渔歌唱晚。飞鸿翔集，鸤鹨结群，烟波澹澹，落日彤彤。贾客纷至沓来，河巷贸易成市，迎朝霞之东出，送晚客于夕下。转漕而流连忘返，歌舞则山高水长。远有漕船"锵然"之声，纤夫"嘿呦"之号；近有商号吆喝之争，丁兵醉酒之象。日饮千觚，风兴云动，振臂高歌，扶醉而还。皮毛、药材自北，丝竹、茶叶南来，设七十二衙门，开九省之会馆。盖因"与天下同利者，天下持之"，以成运河之都，通衢要道。① 斯河之大，斯风之盛也。呜呼惜哉，及至近世，漕运渐废，河政渐疏，故道淤堵，气象不逮。侠义之士不再潜泳，结社之风趋于淡然。垂钓已无太公，饮醉怕提少年。然，万物晦极而明，大象否极泰来。古有疏浚之功，今有清淤之治。观澜听川，朱阁画楼，朝闻清音，暮击时鼓。登堂有礼乐，在野有隐者。静女俟于城南，稚子卧剥荷田。上有宏图大略，下有通联之愿。我乡他乡本是家国一体，南方北方由来通衢康庄。轮毂再转，风樯复张，同结河网，复兴有望。运河之用，非在水也，而在性也。谦以自处，善以利物，贵柔守弱，简朴纯净。自强不息，因势利导，消弭

---

① 《管子》载："与天下同利者，天下持之。"意思是，与天下人同利的，天下人就会拥护支持。

纷争，和融共济。则运河之都得以永续，中国之民得以永葆。嗟乎斯邦。俯仰千载，恣意洪流，激楫奏功，斗酒言欢，进可骋九霄之志，退可守河上家园。天地开阖，青云铺陈，苍茫万里，奔流不绝。将太白遗风以邀月，取八仙醉态再图形。悯民之心以肝胆相照，从道之志引川流不息。闻言："善为川者决之使道。"①此利国居民之要。大计既定，万物咸宁。

——庚子秋夜于任城

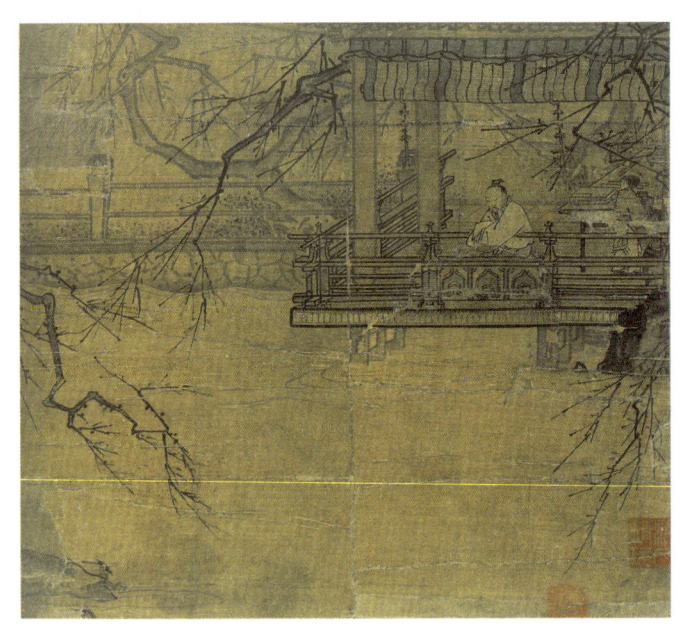

宋　佚名　高士观水图　圣路易斯艺术博物馆藏

① 《资治通鉴》载："善为川者决之使道。"意思是善于治水的人会排除壅塞让水归于河道。治民治国同理。

兰　赋

　　兰者，草木也。然，非独为草木也。岂不闻："兰生幽谷，不以无人不芳。"此兰之容质高伟，风仪俊绝。

　　世间万物，皆有可表，牡丹之雍容，菡萏之清绝，秋菊之冷艳，海棠之幽独。世人皆移步流连，不思回顾。"名花倾国两相欢，长得君王带笑看。"多少容颜皆为媚他，于世间或风光见于一时，或萎靡苦于余生。繁华转瞬即逝，清标难存袖底。或有风流雅士吟咏一二，不过徒叹尔。

　　由是，生灵存于世间，不在其表，而在其里。华衣霓裳纵能舞醉，丰盈魂灵方可久伫。故菟丝缘木而上，木在而身存；乔木独立而不逶迤，孤高而凌日。华清遗恨，掌上柔枝[①]，终是征尘落巷，烟柳断肠[②]。美则美矣，一时之乐，不可久存。

　　冠绝百花者，兰何以当之？

　　"同心之言，其臭如兰"之易辞，"纫秋兰以为佩"之骚言，"滋兰之九畹"之屈子院，越王荷锄之兰渚山，"兰之猗猗，扬扬其香"之猗兰操，"秋兰被长坡"之陈王宴[③]，"幽兰生前庭"之东篱趣，曲水流觞之兰亭集，"孤兰生幽园，众草共芜没"之太白气象，"生世本幽谷，岂愿为世娱"之放翁情怀……皆寄于此。

[①] 此句言：杨贵妃之华清池，赵飞燕之掌上舞。
[②] 见南宋辛弃疾《摸鱼儿》："君不见，玉环飞燕皆尘土！闲愁最苦。休去倚危栏，斜阳正在，烟柳断肠处。"
[③] 三国曹植《公燕诗》载："公子敬爱客，终宴不知疲。清夜游西园，飞盖相追随。明月澄清影，列宿正参差。秋兰被长坂，朱华冒绿池。潜鱼跃清波，好鸟鸣高枝。神飚接丹毂，轻辇随风移。飘飘放志意，千秋长若斯。"

自古及今，君子岂不有感于此乎！

兰者，守独含贞，耿节清德，秀质腾芳，擢华揽彩。

处身之地，不择其高下，虽探谷底不掩其芳茂；容身之所，不择其华陋，虽倚岩石而其身矗立。从屈子之风，怀复国之志①，呈山水之象，有田园之乐。不因湍流而惊走，虽植畹径而从容。处杂芜而自窈窕，送霞飞而暗敛容。鹤鸣于岗，满目月明风清；凤凰于飞，聆轻音于大堂。直茎膏圆，集叶鲜润。其身似剑，擎清露而悬寒光；其冠如云，乘流岚而卷云岫。伴羁旅而随遇，解徙客之喟然，定春风之得意，抚秋凉之阑珊。不留恋于华屋贵殿，不浴身于瑶池玉阶，丛生以砂石则茂，沃土以汤茗则芳。叶阔且韧，遇首春则发，非一尺之短；气香且久，随熏风而至，非一时之限。花开有节，因时因地而见于四时。齐鲁多开于冬尽，江南见老于春光，荆楚则又芳于秋夏②。非采而不献身，无信而不展颜。呈天地之灵韵，谢流俗之烦扰，破阴翳而朗然，去妖冶而淑丽。光华见于自身，蛬声遐于中外。

兰，万物之灵种也。然，以其一己之力可待天地之长久乎？

万物滋生于天地，天地感佩于众生。青帝有司，东君下临。每惠风和畅，乾坤澄明流岚万里；遇甘霖普降，四方沃野葱翠九州。淑气充塞于上下，韶景感应于四时。千花百卉，相继枯荣。山峰有高峻之态，溪流有蜿蜒之势，日月不移其序，山野不改其乐，自古皆然。若兰者不乏其人，虽常有人心不古，世事变化之虑，细细思来，不过落

---

① 越王勾践种兰兰渚山以养复国之志。
② 语出宋罗愿《尔雅翼》："兰之叶如莎，首春则发。花甚芳香，大抵生于森林之中，微风过之，其香蔼然达于外，故曰芷兰。江南兰只在春劳、荆楚及闽中者秋夏再芳。"

枕辗转尔。纵泰山崩颓，已无长夜之忧；观黄河入海，终知东流之势。上天入地，日新月异，珠峰已非难事，宇宙可堪攀登。今日思月桂移来庭院，它朝用星土栽种苗木。生出何种姿态？桂香乎？兰韵乎？天地之玄妙，世事之无常，实皆为寻常事尔，可贵者不过守此兰心。

故，人生境遇，顺逆无常。一如草木，各有其象。有芸芸众生，不作百卉之长，逐大江而任其起落；有清标高士，独守幽兰之愿，处乡野而怀瑾握瑜。漱玉枕泉，涤目濯足，笑观人间之万象也。

吾独爱兰，每置一处，必请其入室。独爱其花乎？独爱其叶乎？独爱其香乎？非也。每每观之怅然涕下。忆及"山公与嵇、阮一面，契若金兰"①无以自禁。爱一物皆因其情、其义也。虽草庐有好光景，纵千杯难酬知己。近来也抚七弦，长有高山流水之慨；有生也从金兰之义，纵然身死而不移其志。托于天地者，死生之外，尚有节义之精神，尚有相知之雅志。人之贵无出兰之义也！

爱兰者，非独我一人也，每每一二论道，两三推杯——"坐久不知香在室，推窗时有蝶飞来"。

君若如兰，天清气朗。

——己亥秋夜于任城

---

① 指山涛、嵇康、阮籍契若金兰的故事。《世说新语》载："山公与嵇阮一面，契若金兰。山妻韩氏觉公与二人异于常交，问公，公曰：'我当年可以为友者，唯此二生耳。'"

元　赵孟頫　兰石图　上海博物馆藏

济宁赋

岂不闻，左思赋三都，一载闭门，惊世传抄，以至洛阳纸贵。由是，三都繁华遍为人知。赋至其极。本不敢效颦，诚惶诚恐。然一方之盛，诗言无以尽，词表不足咏。故，兢兢然简作小文，但求闲话桑麻，昭我故邦。

济宁者，免济水之患以安黎民，居水运要塞以利社稷。自元开运河始，已七百年矣。是谓"运河之都"。由是，商贾云集，舟车辐辏，往来通衢，昼夕不止。转漕上国，砥柱中流。锵锵然吆喝阵阵，轰轰然汽笛声声。北通京畿道，南至杭州桥，上、下九百公里，运河流水滔滔，漕运百业兴，围湖济州宁。

然若据此论定，管豹一斑。君尝知：北京为八百年皇城，南京属历代兵家必争；东京乃七朝故都，西京极尽物华之繁盛。长安之险，在于秦川；临安之美，出于湖畔；安阳之名，源于殷墟。历代帝都，山川有灵，经纬有度，水土肥茂，安战两便。然君不见上古帝都、"孔孟之乡"欤？地出泰沂之丘、下入黄泛之川，北以东岳为屏，南望江淮腹地，西临黄河之畔，东出泗水之源，中有四湖通贯。原始迁徙，度生机而后定，英雄逐鹿，使华夏以生息。五千年文明踪迹，史迹昭昭，简书向无虚妄；车轮辘辘，承载绝非等闲。愿为君陈之。

壮哉，济宁！日居东方，照临下土。皇天赐疆，物阜民安。群山林立，水域广布。地处江北，貌比江南。然，不曾断发纹身，向无蛟龙之害。天降祥瑞之兽，地生长寿之果。哀公狩猎于泽，获麒麟，子曰"仁兽",是年笔绝《春秋》。其后,黄口可颂《论语》,白髯熟知《中庸》。城野皆秉礼仪,街巷尽施仁义。此一州,盘踞齐鲁西南,千年厚德载物。声闻四海,赫名于天下;史载千秋,鼎铭于九州。上可表炎黄,其下历代可记者甚众。

三皇五帝,古圣先贤,辟开蛮荒,维天之命。伏羲始为人祖,任城初定纲常①;炎帝曾经徙鲁,少昊盛于穷桑②;虞舜渔陶,遗后裔于泽滨③;黄帝定鼎,蚩尤身败于阚城④。少康有属,古为仍氏之国⑤,勤于夏代中兴。神器既立,四方克定。其后,东方贤人,举世八圣,尽出斯地。"元圣"周公,始作《周礼》,治天下于指掌;"和圣"展获,刚直守仪,美于怀而不乱;"至圣"孔子,始创儒学,可为万世师表;"亚圣"孟子,仁政辅君,以民为贵社稷重;继有颜、曾、子思。《大学》修齐治平,《中庸》不偏不易;颜巷自甘孤陋,曾襟不觉寒凄。大智出于民舍,大成源于市井,始用规、矩以成方圆者,"巧圣"公输班。由是,行有机车代步,居有广厦栖安。

膏腴之地,人才辈出,先贤遗风,世代有继。

寻踪迹,岂不知:昔殷商,微子启反纣走留邑;至炎汉,张子房功成老是乡;论三国,曹孟德稳据兖州城;忆盛唐,李太白学剑鲁西南,杜工部游遍济州城;迨清朝,康熙爷南巡归祭孔,乾隆帝驻跸农家院。数土著,亦尝闻:建安才子,张、蔡不及,仲宣束发曾作《登

---

① 伏羲:太昊,为"人祖",其部族主要活动于今济宁任城境内,初定人道纲常。
② 《帝王世纪》有记:炎帝"初都陈,后徙鲁"。穷桑乃今曲阜市。
③ 《史记》载:"舜耕历山,渔雷泽,陶河滨,作什器于寿丘,就时于负夏。"
④ 阚城:上古时南旺名,黄帝与蚩尤大战,蚩尤身败,亡于今汶上南旺,有蚩尤冢。
⑤ 太昊后裔轩辕之小儿禹阳,受封于仍(通"任"),建任国。

314 水调歌头——运河女儿词赋集

楼赋》①；北魏孝女，须眉汗颜，木兰及笄代父从军行；叹大义，唐室公主，干戈暂休，文成维和身适藏；再缅怀，民族英雄，封爵无意，元敬抗倭苦练兵；洒清泪，率性侍郎，悲怀女将，靳学颜曾作《九冢诗》②；孔门子孙，著作等身，孔尚任呕心《桃花扇》。迄近世，武出蔡桂琴，词数乔庆宝。

人杰出于地灵，士贤皆因穹阔。源深岂无厚土，鼎正必由窿方。

美哉，济宁！荡荡平川，少险峰之峻，悠悠碧水，无沧浪之壮，亭亭幽境，却奢靡之园。不以奇绝争胜，无需浮物藻饰。然，有贤有节，有容有度。襟怀广博，容仪娴雅。颦颦儒相，蹙蹙羞颜。山势逶迤，如百褶之裙，光波耀耀，似琳琅步摇。运河绵延，束纤腰以示窈窕。面有菡萏之洁，腹有莲藕之巧。呈神女之样，现仙姝之态。上不迎天子之好，下不乏盛世之风。耳闻琅琅之声，口含臃臃之鱼。思乐湖水，薄采其菱，载歌载舞，为酒为醴。湛湛晨露，离离青草。蛩蛩虫鸣，靡靡广衍。进则清波澹澹，退则东篱把盏。

看古城八景："铁塔清梵"，肃穆巍然，梵音寂寂千百年；"太白晚眺"，唱和楼头，把酒吟诗会谪仙；"墨华泉碧"，亭韵悠然，浣笔千古水潺潺；"凤台夕照"，太昊祭祀，日影逢节照北南③；"灌冢④晴烟"，天赋奇观，苍烟阳春悼汉相；"南池荷净"，西望瑶池，菡萏香销纳晚凉；"西苇渔歌"，风动浦荡，别样西湖入柳乡；"获麟晚渡"，圣地呈祥，

---

① 张、蔡：指张衡、蔡邕，皆为东汉著名文学家。
② 靳学颜：济宁人，明代嘉靖、隆庆年间吏部左侍郎。《九冢诗》为济宁"九女堌堆"所作。传杨门九名女将牺牲于此，筑九大坟冢。
③ 凤凰台上每逢清明、白露节，日夕时，日影照北城；芒种、小暑节，日影照南城。
④ 灌冢：为汉朝大将军灌婴冢，阳春三月，地气上升，晴烟袅袅，是为奇观。

舟人遥指芦花荡。待引君入胜：煌煌乎于穆清庙，汇四海显士；威威乎佛都舍利，引八方朝圣；穆穆乎武祠汉墓，显历史真章；浩浩乎梁山水泊，传千年情义；林林乎孝城雕像，塑百态世情；悠悠乎微山泛舟，赏十里花香。个中景色，心驰神骛，愿君采撷，迨其今矣。

念上古混沌，昔日之荒泽，聚猎渔鱼，野作洞栖。今秀水形胜，游龙舞于神疆，归鹜游于浦荡，幽禽啄于槎枒，晴烟袅袅于农家。鱼蟹盈池，棉麻充市。钟鼓于内，声闻于外。琴瑟琵琶齐奏，魑魅魍魉遁形。青鸟报殷勤，彩凤舞清商。续古之力，仰民之智，披荆斩棘，勤工勤耕。骏驰原野，鹰冲云翳，将翱将翔。

达哉，济宁！千里沃野，百里稻粱，亩产千谷，顷出万粮，驿驿其苗，载获济济，黍稷茂止，粮仓盈止。电力稀土，国内首屈，农品纺织，齐鲁基地。林覆半壁，煤矿百丈，江北苏州，华北水乡。科技研发不落窠臼，淡水之源日出斗金。政通人和，求变求实。农工齐头，文武并进。东拓西跨，南连北延，以点及面优化资源，由线织网共谋发展。广开门户，勤于通联。既有唇齿之交，秦晋之好，又思辅车之便，齐赵之利。由来大道无疆，大疆无界。航空飞向南北，两翼振翅天涯咫尺；铁路通达四方，往来聚集九州重镇；河运走向三港，货物吞吐不废朝夕。高铁架鲁都，一线通京沪。移缩天地，举步千里，无舟车之劳，免跋涉之苦。诗言"汶水汤汤"，又曰"鲁道有荡"，自古行人彭彭，客商儦儦。

安哉，吾乡，告于四方！莘莘游子，归去来兮。田园非芜，云胡不归。生于斯，用于斯，老于斯。邑屋丰于勤匠，美锦出于巧娘，四野清明能施盛唐之政，竹贤遗风可作魏晋华章；别样荷花何须西子照镜，圣人悟道自有洞天一方。目骋运河、太白之象，神游邹鲁、水浒之境，步从"跷技""踏桥"之乐，耳充琴书、渔鼓之韵。燕语情胶《凤阳歌》，赶板夺词"十三辙"①。乐哉乎斯民，美哉乎斯乡！于赫乡人，于盛乡疆。常有嘉客，奏鼓锵锵。

上古帝都，东方圣城。汶泗靖而川不息。子曰仁，又曰孝悌谨信，故，譬若北辰，众星拱之。

杏坛布道，声闻海内，金声玉振，庠序谨立。先师宗祀，穆穆煌煌，祭圣庙兮享昭彰，施仁德兮弥万方。虽远乃诚，照临农商，五谷蓁蓁，邑邑相望。土风醇厚，屡维丰年，人心向古，华胥未央。夫天覆浩然正气，地载礼乐纲常；户有开蒙之童，堂登勋德之长。华阙朱檐，玉瑱饰珰，瑞兽守望，鸾凤和祥。此一邦，圣迹泱泱，辟雍汤汤，守德守廉，维翰维宁。方今济宁，儒济天下，和宁四方。

——辛卯冬作于北京

---

① 《凤阳歌》：琴书曲牌。"十三辙"：渔鼓之诗词韵字。

宋 佚名 孔子见荣启期图 波士顿艺术博物馆藏

太白楼赋

  盖闻无极而生,宿列其野①。居正而开六合,攘臂而辟八荒。东流者为河,地出者为岳,连城以为郭,结构以为楼。夫任姓古国,成周之邦,中土大郡,气象东鲁②。煌煌圣土,殷殷寰宇,隆德传于管弦,盛才显于弁冕。藏清气谶经纬,匡人道正乾坤,摛藻为华,驰辩如波,闾巷归仁,名宣衡庐③。揆既往之迹,履先行之辙。驾长风而浮游,泛轻舟而径往,自长安之仰叹,于斯地乎延伫。咸通声隆,沈光慕翰林之高风,挥而作记;洪武重建,狄崇迁旧城之南墙,去"酒"而存,因是名之,是为"太白楼"!④

  夫维灵台楼阁,盛名传于天下者,多依山傍海,披云霞而憾天地;向易干简坤⑤,事社稷而震九州。由来天子凭临而宣功垂业,将相守御而壁垒山河。登高倚日,挥翳吐气,雄踞四方,各领风骚。多少文人墨客,题诗作记飞擢胸臆!鹳雀楼云集霞蔚,其情不独流于栖禽;岳

---

① 分野,指将天上星空区域与地上的国、州互相对应。我国古代的天文学说,把天象中十二星辰的位置与人间社会的地分野结合在一起。这种理论,就天文学来说,被称为分星;就地理来说,则被称为分野。
② 任姓古国:约公元前21世纪,太昊后裔黄帝轩辕的小儿子禺阳受封于任城(古仍、任通用)建立任国,后裔以国名为姓,为任氏。在今山东济宁区域。东鲁:原指春秋鲁国,后指鲁地(今山东省)。
③ 谶:应验的预言、预兆。摛藻:铺陈辞藻,意谓施展文才。驰辩:谓纵横雄辩。闾巷:乡里、民间、平民。衡庐:陋居衡山或庐山。此处指名山大川、隐者之居。
④ 太白楼位于济宁城东南角、古运河北岸,一说李白旧居,因日夜饮宴,名之酒楼。自唐咸通二年(861年),吴兴人沈光敬慕李白,为该楼篆书"太白酒楼"匾额,并作《李翰林酒楼记》。明洪武二十四年(1391年),济宁左卫指挥使狄崇依原楼样式,移迁于南城墙上,重建"太白酒楼",并将"酒"字去掉,以"太白楼"传世。
⑤ 古代楼阁多用于纪念大事、宣扬政绩、镇妖伏魔或求神拜佛,《系辞上》认为干卦通过变化来显示智慧,坤卦通过简单来显示能力。把握变化和简单,就把握了天地万物之道。所以"干以易知,坤以简能"。"易简,而天下之理得矣"。

阳楼俯瞰洞庭,其怀耽于社稷之忧;黄鹤楼屡历沧桑,其势见于大江东去;滕王阁压江挹翠,其态犹悲青云九层。然则,鸿鸣于林皋,已非斯时之盛;推移转圜,显晦云胡有常?岂不闻,太白纯以气象胜?太白楼者,开元年间,李白构而居之,饮醉揽月,宴宾朋,置眷属也。累年二十有三①。

时维暮冬,岁在乙未,杨义堂先生高义,嘱余作文以记之。故,溯及谪仙北迁,曾寄斯地,长啸登楼,千载风流,裂素写意,浣笔滥泉,尝醉肝胆,文动霄汉。昔者厌身独善,负国膺肩,清酒新醅,推杯换盏。醉中邀吟,八方名传。虽间有屋漏椽蠹之忧,然自唐宋,历明清、民国及至共和屡维复修。是时凌九重而托星宿,出齐鲁而望江南。两分翼轸遥襟星汉银河,一处飞阁漫接桂子莲宫。会瑶池大仙祖脯,凭畅叙供奉邀举,论曼妙姮娥技绝,吟长歌谁与争雄?开轩以照水,列岫而依山。观河惊玉带,遥望相襟衔,岂不见,太白晚眺,南池荷净欤②。朝与铁塔钟声相闻,暮与清真古寺遥对,毗邻贾宇连甍,环顾廊庑千庭。前有高楣朱楹,后通飞榭幽亭,堂陈乾隆御笔,墨题李杜行踪。黄鹤难留故人,金樽久托长庚③。嗟乎!雄州纵有百方,懿范堪为任城。数雄长岂容他处,论气象太白独膺。何也?

是谓,留仙者山显,游龙者潭深,归隐者景胜,文兴者为隆!圣

---

① 《太平广记》二百一卷才名李白篇有载:"初白自幼好酒,于兖州习业,平居多饮。又于任城县构酒楼,日与同志荒宴其上,少有醒时。邑人皆以白重名,望其重而加敬焉。"
② "太白晚眺""南池荷净"皆为任城古八景之一。太白楼为纪念李白,而南池则为纪念杜甫,遥遥相对。
③ 李白壮年游历,曾于黄鹤楼送好友孟浩然。长庚,即长庚星,又名启明星,传李白为长庚星转世。《唐才子传·李白传》载:"白,字太白,山东人。母梦长庚星而诞,因以命之。"

贤帝相，诗酒英豪，足迹广布而叹天地奥妙，勤巡驻跸犹感万邦来朝，俯仰之间方知镜鉴澄明，清浊之余身适洞天一方。列圣遗风，嗟尔远道，云胡求索，陟遐自迩。三公就列①，影阴于壁，神乎熠熠，百世咨嗟。

公居中者，开元逸士，白袍美髯。出青莲，行巴蜀，畅游洞庭，展履吴越，寄安州，寓东鲁。②天地之过客，光阴之逆旅，托身而怀古，行蹇而道远。蔽长烟于浙峰，倚穹霄于楚河，天姥只吟留别，长揖弗居荆州。仰笑此身乃一蓬蒿客，撑篙一别长向酒旗郭。高冠博峨，珠袍锦带，雅怀醉剑，转背落鸢。随囊向无俗物，龙泉敢刺奸邪，锵锵骏骑，躅躅逸夫。斗酒百篇饮八仙见于工部，酣眠终日闻逸事牧童遥指。天子传唤不肯登船相侍，丢袜弃履岂顾龙威天颜。舫玉带之清波，骋逸气之决发，湲济水之潺流，俨高风之犹在。

居于右者，贺公也，醉辄属籍，有治世之能，宰丰邑，通法律，三年而治③，地厚物阜，民载民乐，周制不愆，鲁道博明。施行如庖丁解牛，除弊若百步穿杨。政流畅而壅滞除，民心向而世风淳。四海通达，万国来商，货赀转运，崇礼尊纲。由是，太白仰其功而题记于壁，垂后世以示昭扬。君不见，南面凭临，流水汤汤，行人踵踵，骋怀骋

---

① 太白楼正厅北壁嵌有三公画像石。其中为李白，其右一说为贺知章，其左为杜甫。
② 李白一生漂泊游历，祖籍陇西成纪（今甘肃省静宁县），后迁入绵州昌隆县青莲镇（今四川江油）。南到洞庭湘江，东至吴、越，寓居在安陆（今湖北省安陆市）。唐武德四年（621年）改安陆郡为安州；624年改为大都督府。贞观元年（627年）安州隶淮南道。开元年间，仍置都督府，天宝元年（742年）改安州为安陆郡。而李白入安州为开元十五年（727年），故期间安陆名为安州。公元736年，即开元二十四年，迁居山东任城（今山东济宁），居住23年。有诗《寄东鲁二稚子》载："我家寄东鲁，谁种龟阴田。"
③ 太白楼刻留《任城县厅壁记》，誉贺公治理有方："宽猛相济，弦韦适中。一之岁肃而教之，二之岁惠而安之，三之岁富而乐之。"

目，雏雏喈喈，东隐峄山出岫，目出瑕丘城头。禹通九州而天下治，经启九道而圣贤从。

故，见公于左者，忧思之清貌，颓髯之劳形，尝因推敲而废寝，终为社稷而瘦生。青山见之而色沮，碧水迎之而敛光，青鸾就栖，帝骖停翔。念昔日意气，纵马清歌不肯休，逐兽云冈再登楼。览尽群山终为岳，一入齐鲁意踌躇。公索道奚为？羞私囊，忧天下是也！宁不知，孤嶂秦碑书不尽，古来士人几多愁。诗家帝王曾屡寻，漫说怀君姓杜人。①

此三公者，观乎四海无夺其才，察乎今古奄出其右？厚土高贤，羽觞醉月。贺公宰而遗泽百里，少陵愁而浊酒频停。拔剑兮林木萧萧下，长吟兮日月隐其华，斯醉兮北斗让其辉，怅叹兮来者犹可追。

尝闻王阳明公凭吊人豪，于孟冬而南征。惊斯地之形胜，索先人之所踪，哀旧事之奈何，叹江海之迭冗。自夏桀之倒施以至天宝之末路，陈慷慨以舒块垒，嗟累世不遇才雄。麟阁束于云台，明珠遗于瀚海，流俗不肯兼容，斯世何以安生？故从夫子之旧都，进退维有法度，道路得以复明，逸气不需隐匿，白马相与乘风。感于此，停楫为赋。平野澹澹，济水湍湍，怅然怀古，转蓬旋问："谪仙之所踪，来者何所向？"

今者嘉客阗阗，车舆轰轰。云汉宣光，洪流熙攘。畴昔其煌，世

---

① 诗家帝王乾隆出巡，屡登运河重镇济宁，先后在不同年份以《登太白楼》为题而作的诗便有六首。曾赞扬李白"千年佳话留诗酒，一代名流称主宾"（写于乾隆四十九年）。然而，他更表现出对杜甫的褒扬："于诗于行评量处，合让城南姓杜人。"（写于乾隆五十五年）并就两人的旗鼓相当有所定义，见于《再咏南池》："诗仙诗圣漫区分，总属个中迥出群。李杜劣优何以见，一杯适己一杯君。"

载炳灵。遗老布图，指点万方。斯乃屏藩，坤维半壁。文相安邦，武将干城[①]。日月垂情，碑碣尚存春秋义；翰脉遗风，"壮观"再度耀华薨[②]。斯人孰往，天下孰尚？兰桂在堂，琴瑟盈庭。三公拱手唤来四方良弼；《题壁》引玉牵出无数华章。排瞻陈迹，摩肩抵掌，俯沐逸风，谈剧调腔。剑舞神州，已非斯公独胜；胸揽太极，自有百象复生。青山遥对，过客侧身。廪生濡毫一时意气争太守，知州联对再度含英赛谢朓[③]。璧珰曜景，韡晔流光，斯楼是盛，斯民之雍。常解酣卧之忧，终绝蓬蒿之慨。广厦之用，庇寒士之所生，琼浆之美，醉天下之太平。

噫吁嚱，壮哉！斯楼风流兮揆统四方之有，江山无限兮一阕填尽悲愁。方圆捭阖兮谁肯与兹相问？此间气象兮与君醉论方遒。东方既明兮赫日渥赭，此身长托兮此行不枉，何也？民无伤兮曰"太"，至清明兮曰"白"！斯楼也，斯义也！

——乙未岁末应嘱而作

[①] 武将：吴忠，原名吴光珠，四川人，是共和国首批授衔少将之一（时年33岁，是我军史上最年轻的将军）、北京卫戍区司令员。并指挥对越自卫反击战。1946年1月，遵照朱德总司令的命令，晋冀鲁豫野战军第七纵队挥师东进，开始围攻济宁城。当时城高壕深，有较为完整的防御体系，大汉奸刘本功固守太白楼制高点。吴忠在动员会上赋诗："诗仙伴咏冲杀声，酒楼伴变主攻。任城父老盼解放，势夺攻城第一功。"同时要求保护文物，在战斗胜利的同时对太白楼名胜古迹的保存做出了积极贡献。
[②] 壮观：李白手书"壮观"斗方石碑陈于太白楼。
[③] 清末廪生李益三，字汝谦，著有《海外楼文集》。清光绪三十三年（1907年）春日，李益三赴日本留学，济宁知州王鹿泉在太白楼上为其设宴饯行，李益三在宴会上即席题写了这副对联："宴客亦寻常，贺监何人应让风流归太守。能诗最奇特，青莲如我不须星宿托长庚。"王鹿泉于光绪三十四年（1908年）重修太白楼胜迹，撰联："把酒临风，看带郭千家，何处青山留谢朓。登高望远，指布帆一片，当年春水别汪伦。"谢朓：字玄晖，南齐著名诗人，曾任宣城（在今安徽）太守，他以善于写作风景诗见长，风格自然秀逸。王鹿泉以谢朓自比。

济宁太白楼内"壮观"碑

秋夜赋[1]

（夜宿山中龙眼坑，如入逍遥之境，居邻蛙声蝉鸣，有感而作。）

　　是夜白露，尝忆杜工部因念其弟而怅叹："露从今夜白，月是故乡明。"乃家国分崩，骨肉离分之恨。时空移易，今朝无月，身在他乡，本心有挂念，惴惴终朝。越群山而入龙眼坑，见峰峦峻秀，直刺穹苍，连绵之势不绝，接天之意更甚，似有天籁之音不绝于耳，循循而入。天色清明，烟色氤氲，云不知所敛，染苍山于青黄，游逸色于其上。

　　入夜，绕湖而行，前有掌灯童子，后有绕膝流萤。四下峰峦如聚，星空层次分明，月虽无色，天实有情，不肯晦容蒙面，可辨肤色，可见眉动，无秋之肃杀之气，颓然之状。有嘉木成群，葱茏向天而生，虽夜色朦胧，有争茂之相，无零落颓丧之感。众人争呼："东南有星亮如明镜，是何星也？长庚也？"非也！乃人间升而为星也。噫吁嚱，谁人也？

　　有湖如镜，垂映星空，天地不分，互相融与。环顾四围，了无人声，声在枝头，声在塘底，声在天际。蝉鸣与蛙声相应和，天人与众

---

[1] 此小赋是对郑华星先生提出的"人间即天堂"理念的应用。这在现实世界是没有过的，即使在文学作品中，也是不曾有过的。自古以来的文人就是举杯邀明月，一醉就上天，内心中认定天上才是天堂。其实不然。我们生活的地球就是天堂，世间万物都彼此感动着，幸福共生着。迄今，宇宙中依然没有这样的乐园，不是吗？而我也是第一次把思绪落在地上，在秋天不写悲伤而写生机。在异乡不写思乡，而是故乡他乡同。不再强调人之情感，而以自然万物为主体。古代语言如此美！尤其诗词赋！如体武帝之秋风，如闻文忠公之秋声。而随着时空的转换，逐渐发现古人作品的局限性，以不同的生命体产生不同的体验，正是我们对历史语言、文学题材学习继承的发展所在，也是我们所需要进步的地方，如此，它才会愈来愈有生命力！秋深夜深，意苟相许，了无倦意，此记。

我相沟通，言草木之秋事，宇宙之玄奥。有天外之声传来："使君，何为天堂？"答曰："人间也。"人间可观风动云飞，可闻木长虫鸣，可嗅百草之味，可尝秋后之鱼，可感时空移易，人间难得。闻言，星外悄然。

此间有奇人，善识人断物，不差分毫，有清泉汩汩，其状如晶，清冽如冰，食之甘也，回之甘也。童子曰："先生指划此间，便知何处是井眼，山人下挖数十米，水柱喷涌，泉源不断，真奇人也。"众人皆俯身试水，天地灵气充于肺腑，直入就下，身与物接。何事劳于形，举重不肯放也；何物忧其心，举高不肯下也。力能及者碌碌也，不能及者戚戚也。

人言，人为万物之灵长，非也。山中野花，观其不显，闻其不香。然蜂蝶戏于其间，至乐也；蚁穴诸子，手拉肩扛，安身立命于大千，至善也；星斗灿烂，星河无边，众生渺远于其下，至大也。人言光明与黑暗者，非白昼之分，无高下之别，光明处为星，黢黑处为心，不可见也。然，若执意与草木争荣，戕伐天地之灵物，则必遗恨于秋声，再无人间逍遥之境。

童子酣眠，蝉鸣枝上，忽见蜻蜓于衣物间蛰伏，蹑手放飞，复归于天地，归根复命，卧听蛩声。其声似北似南，他乡吾乡一也。

是夜白露，山凹此记。

——辛丑白露于五觉别苑

龙眼坑五觉别苑

图书馆赋

　　初，仰天伏地而不知万物之所以然，光阴磨砺而不知其事则昏昏然。瓦砾废墟，竹简陋帛，自有记，始知来处。泥版出于两河，纸草见于埃及①，甲骨载殷墟之律，典册记史官之法。自周礼之兴，善藏图书以承先人之志。②凡史传皆有所考，但法典皆有所查。初藏室、府，其后为院、馆。由是，邦国之治，种族延续无患矣。

　　图书馆者，其用大哉！

　　求知入大学之门，修身取百家之长。实灵魂之寄居，无门槛之殿堂。虽有华陋之分，而无贵贱之异。不成于多寡，而重于始终。阅百遍而始见人生真义，陈千日当悲于蠹虫安栖。知史方知荣辱，勤读不舍旦夕。人，生而有限，国，运道有期，纳万象于胸，则生命不朽矣，成历史鉴戒，则大道可期矣！是故，若此馆不兴，则家国不幸，则文明尤望矣！

　　我华夏久矣。室藏图书，砌万仞之壁；府校前言，起百尺高台。发无极之源，穷无终之境。谁使造化之功？

　　岂不闻，道法自然，始出于老子；战由争起，则封于道轶。浩繁万册，岂独一纸文章；洋洋千言，自有四方来朝。老子掌承周天子之令，以应四起风云，诸侯无不拜服，皆作纪年之法。汉武帝雄韬武略，

---

① 考古学家在伊拉克巴格达南部尼普尔的一个寺庙废墟附近发现了许多刻有楔形文字的泥板文献，两河流域是迄今人们所知道的最早的图书馆遗迹之一。此外，在古埃及的许多地方也发现了图书馆的遗迹，有纸草文献。
② 河南安阳小屯村殷墟出土了大量甲骨文，文字的出现，是典籍形成的条件。西周史官增多，史载老子为周守藏室之史官，各诸侯国也有史官。战国以前的这种藏书室就是中国图书馆的起源。

以建藏书之策，兰台令察诸子之说，以成馆史之象。王陈表天下，以成《七略》。①此后历代凡以室、阁、堂、斋、馆、楼此等为号，历久不衰。然，刘向安有独掌之资，杨雄已成直追之势。②文史所属，已非帝王皇家之专。三国以来，遍使纸卷印刷，藏书大行其道。历隋唐之兴，达江南之地，开户牖以明德，纳百家而有自。四方士人始有读书之便，此等开馆义士，何由而不称道哉？③

入其道者，其智大矣！司马光藏书谨慎，李公择置书僧舍，晁公武居于西蜀，陆放翁归于江浙，室藏万卷以驰四海之名，道德文章以成千古之绝哉。君知否，白鹿、岳麓、睢阳、嵩阳，此四方书院，名耀于今，光华不易于时，虽浓缩气象，有泰岳之势矣！④

明清藏书比比可表。明成祖制《永乐大典》入藏文渊阁，乾隆帝编《四库全书》分列公共楼。呜呼，天妒华夏，儒生见罪于帝相，战火频燃于九洲。尝痛我华族精神付之一炬而捶胸顿足，重建我文明广厦奔走呼号而沥血涕零。遗风成于私家，志气不销岁华。八千卷楼看钱塘潮起；铁琴铜剑起常熟之誓言；海源阁外知聊城荣辱；皕宋堂前

---

① 汉初，宫廷中建造专门楼阁贮藏图籍，如天禄阁、麒麟阁、石渠阁。汉武帝建藏书之策，宫廷藏书初具规模。
② 西汉刘向等整理官府藏书，使藏书制度逐步完善。东汉的兰台、东观为朝廷中重要藏书和校书的机构。私家藏书在战国时出现，扬雄等藏书达数千卷。
③ 三国以后，图书以纸写本为主，利于流传，全面促进了各种藏书处所的建立。隋唐是中国藏书事业发达时期，私人藏书多在四川、江南等地。
④ 宋以后，私家藏书普遍。司马光爱读书且藏书甚丰，曾任馆阁校勘，同知礼院，天章阁待制兼侍讲同知谏院。编撰《通志》，英宗给予编撰支持，赐书名《资治通鉴》，亲为写序。李公择，李常，字公择，《宋史》卷三四四有传。他少时读书庐山舍，抄书九千卷，后名李氏山房，苏轼作有《李氏山房藏书记》。晁公武，晁补之后代，南宋著名目录学家、藏书家，钜野人，中进士后在西蜀为官，以藏书闻名，其所著《郡斋读书志》，是我国现存最早的、具有提要内容的私藏书目，对于后世目录学影响极大。陆游，浙江绍兴人，终老阴山。著名诗人，官至宝章阁待制。以上皆为宋代著名藏书家。白鹿、岳麓、睢阳、嵩阳为著名的四大书院。

哀归安兴替。继之，清廷遗诏，岂独大学，已开小学藏书之源。①历数千年，图书馆之设，乃国粹之根本也！

今人知史，受益馆藏。无不仰于司马公、孟坚郎。叹其所专，而不知其为太史、兰台令也②。若不察查逡巡，恒河沙数，穷究九流，遍观五经，何以成无韵离骚，史家绝响。吾观近人，周树人之劳心，蔡元培之初任，李大钊之变革，毛泽东之首创③，无不成有用之身，百年之志，家国之幸。

是谓：集天下之言，骋后世之法。图书馆之时任也。

而此志亦非我族之专也。一如柏拉图、亚里士多德、爱因斯坦、歌德者，智者诚然发于此也。然，历数此方宝殿，自不需放之四海，岂不见歌德图书馆欤？

自有通达古今之志，睦邻友善之念，见燃情于东方圣域，曈昤粲然，昼夜不息。济宁其地，复闪耀于鲁西。喁喁独行于茫途旷夜，隐隐声闻于运河桨声，昏昏不知来处，茫然不知所往，凡此云云，无寄身之馆驿，乏骋怀之理想。由是，首全夫子之遗愿，复答歌德之见嘱。既立其身，则丰其神。漫漫长夜不弃读书之志，纷纷尘嚣不舍大公之

---

① 历史上有几次文化的浩劫。秦朝焚书坑儒之后，在近代频繁的战乱中，清代各处官府藏书楼，都遭受不同程度的损失或彻底焚毁。然而，明清两代是古代藏书事业最为繁荣的时期。《永乐大典》《四库全书》编撰，并多处建楼收藏。随着学术研究的繁荣，私家藏书兴盛，鸦片战争以后，钱塘丁氏八千卷楼、常熟瞿氏铁琴铜剑楼、聊城杨氏海源阁、归安陆氏皕宋楼，被称为清末四大藏书楼。1901年，清廷诏令省城、府厅、州县书院分别改为高等学堂、中学堂，并设小学堂。书院藏书成为各地中小学校图书馆藏书的重要来源。
② 汉朝设修书、藏书机构和官职。司马迁著《史记》，曾为太史令。班固字孟坚，著《汉书》，为兰台令史。
③ 1912年，京师图书馆开馆，由夏曾佑、周树人（鲁迅）等奔走筹划。1928年，改名为国立北平图书馆，次年，蔡元培任馆长。李大钊曾负责北京大学图书馆馆务，施行了多种变革。毛泽东在湖南长沙创办了湖南青年图书馆，颇有成绩和影响。

名。壮我乡者非一己之富，强我族者非刀枪之威。若遭侵扰，则因愚昧丛生；若饮贫弱，则起沉沦之意。知也，不可乏也；志也，不可夺也。故，书不可不读也。国之伟彰寰宇，德被山林；民之万世恒昌，教化为本，皆源于此。居于圣人之乡，不独独善其身，斯世也，道不一也，志不明也。恐见发展而迷失忘本，营小利则私欲熏心。凡智勇者，砥柱于中流，发精神于焕然。责任之承担，承百家之长，融东西之便。破昏然暗夜，点希望之光，启先行之智，全前进之愿。其光荧荧，其势已成。夫子尝有大同之志，鳏寡孤独皆有所养；我辈当有辅仁之愿，贫弱病残皆有所学。四季守望，五更不歇，则启明不久于东方矣。

歌德图书馆者，首开校园围墙，轰然惊于世，所藏共享于生民，所为有睹于当下。吾所有者，皆民之所有；吾所思者，皆民之所思；吾所往者，皆民之所往。立于此志，开教育之源；达于斯乡，兴大国之愿。

嗟呼！自有记，馆业兴，破蒙昧，载文明哉！知万物之所生，知有生之所历。数典之便，察查之明，上敬祖先，下见未来。天地时序，人伦社会。性之善恶非生而有之，事之成败乃人之所立。星罗卷帙，壁立书林，收纳千年风云以成时代智慧，博采百家之说当全应变之任，乃思想之发轫，实真理之正源。

戊戌元日，新桃瞳瞳[①]，明灯警枕，忽闻子曰："何来万古长夜，今不复矣。此一举，虽萤星之志，然不在自明，而在明人，此乃吾乡吾愿也。"

——戊戌春作于任城

[①] 新桃：代指春联。北宋王安石《元日》诗："千门万户瞳瞳日，总把新桃换旧符。"

山东济宁24小时歌德图书馆（潘跃勇先生创办）

王杰精神赋

　　千古齐鲁，洋洋大观。群山逶迤于西南，有天地化力，俯卧山阳，蕴造化之神、金乡之魂久矣，其状如羊，是为羊山①。自东汉，曹孟德任兖州而图天下大计，羊山乃成屯兵驻扎之重镇，占地利之便，扫群雄于四海，平定汴、兖，以拒青、徐。自有史，战不下百次，将首屈彭越、檀道济②。然，藩镇混战终非百姓之福。至民国，历三十六年，于丁亥仲夏（1947年夏天），有洪钟之声，如呼啸湍流，若铮鏦金鸣，西南而至。非天有异象，实地举义纲，抗乾坤之鼎，兴百姓之愿，成国之大统。刘邓亲帅鲁西南战役③永垂于我华夏之史，世代受享于羊山其地。孟子曰"我善养吾浩然正气"，充塞于天地之间，盘踞于羊山之巅，以成千年气象。每逢清明，少小偕老，接踵祭奠于烈士，草木齐

---

① 羊山，因处在鲁西南群山之阳而得名阳山，又因其形像一只仰卧的山羊，后改为羊山。羊山历史悠久，有着深厚的文化底蕴。《左传》《汉书》中记载，羊山是夏朝诸侯国有缗氏所在地，也是汉朝名将彭越的故里，又是汉代以来文化活跃地区。
② 檀道济，高平金乡（今山东金乡县）人。东晋末年领，南朝宋开国元勋，左将军檀韶之弟。
③ 1947年，刘伯承、邓小平遵照党中央的战略部署，率领晋冀鲁豫野战军挥戈南下，6月30日夜分四个纵队一举突破黄河天险挺进鲁西南地区。蒋介石为了阻止我军南下，从苏豫皖仓皇调集了三个整编师和一个旅，企图把我军消灭在黄河、运河三角地带。刘、邓首长看穿了敌人的阴谋，将计就计，趁势发动了鲁西南战役，采取"攻其一点（郓城），诱敌来援，啃其一边，各个击破"的战术。首先歼灭郓城和西路弱敌，使敌人左路陷于瘫痪状态。蒋介石的嫡系部队整编六十六师看到形势不妙，龟缩到羊山集固守待援。我军迅速集中优势兵力，克服重重困难，从7月14日到7月28日，经过艰苦激烈的争夺战，全歼了这股顽固抵抗之敌，活捉师长宋瑞珂，从而结束了整个鲁西南战役，为解放军千里跃进大别山打开了通道，也为解放战争由战略防御转入战略进攻拉开了序幕。羊山战役作为有重大影响的历史事件，载入了中国革命的史册，载入了《毛泽东选集》第四卷。为此，刘伯承将军亲笔题词："狼山战捷复羊山，炮火雷鸣烟雾间，千万居民齐拍手，欣看子弟夺城关。"原中央政治局委员、军委副主席刘华清亲身经历了羊山战役，并写下了回忆录《鏖战羊山》。为纪念在鲁西南战役中牺牲的革命先烈，1952年国家在羊山的"羊头"建立了羊山革命烈士陵园，1997年更名为鲁西南战役纪念馆，被国务院、山东省政府分别授予全国、全省"重点烈士纪念建筑物保护单位"。

暗，于乎哀哉！遂，民不忘幸福之源，兵不改备战之志，我少年不舍国强之宏愿。

有王杰者，适时生于华堌村，年方十九，入伍为卒，立言："以国之乐为乐，以战之需为愿。"噫吁嚱，岂非壮哉！维新之际，梁公曾有言，国之责任，在我少年。

雄哉，我中华英雄！初日发于东方，以成冉冉之势；河流汇于汪洋，不废汹涌之象。龙腾于九州；鹰翱于山岳；风云际会于四海；暗流潜藏于西洋。天赋我阳刚，地全我骨血，安有须臾之胆怯，常将青春以忘我。如我所愿者，上有主席之教导，前有雷锋、黄继光之榜样英烈；不得我所愿者，非运途之舛，非集体之难，非他人之私，乃我心智不坚，技术不精，信仰不足也。此等心胸，岂非曾子之"吾日三省吾身"之教，有此少年，岂非家国长治久安之幸。

伟哉，我中华英雄！箪食瓢饮以添国家建设之瓦；舍己为人以解战友老乡之难；废寝忘食以排革命道路之艰；舍身取义以全人民战士之愿。安而思危，不战而战。忆当时爆破，虽不足一秒，岂能敌他技术之精尖，有十二民兵，安能惜我一己之生还①。赤胆耀日，血染红旗，骨化为铆钉，气凝为烛蜡，身长眠于淮海，魂复归于羊山。怜我苍生者苍生永念！泪簌簌兮雨下，哀嚎跄跄兮怅然。山轰轰兮崩塌，星辰黢然于夜阑。草萎而色变，木朽而悲怜，生而轰轰烈烈，死而得其

---

① 王杰在日记中写道："我们要一不怕苦，二不怕死，做一个大无畏的人。"这是王杰精神的集中概括。在一次帮助民兵训练爆破技术的任务中，王杰正在做示范动作，突然，埋设炸药包的土层冒出了白烟。在这千钧一发之际，王杰大喊一声"闪开"，便飞身而起，扑向炸药包（实爆训练用炸药包代替地雷）。随着一声巨响，王杰倒在了血泊之中，在场的12名民兵和人武干部得救了，年仅23岁的王杰却献出了自己的生命。

所全。

大哉,我中华英雄!四载奉献,十万字沥胆,二十三年循道,乃"一心为革命,一切为革命"之思索;乃"一不怕苦,二不怕死"之坚韧;乃"三不伸手"之自律,乃"人生四问"之思索。忠诚英勇,自律自省,岂非王杰精神之写照,岂非我辈当代之传承!故,有百炼铁血之"王杰班",有敢打必胜之好战士,有当年毛主席之肯定,有今日习书记之赞扬,有人民之痛惜和怀缅,以成王杰精神之万丈光芒。

家国之立,非一人之力;时代之兴,非一时之兴。英雄精神非荧荧之光,乃是星星之火。兵,非一卒也,众志成城足以安内御外;志,非一时也,放之世界以成凌云之势;愿,非一私也,融汇四海以成大同之象。我中华少年,皆秉于此,则中华雄于地球,伟哉壮哉!

——戊戌仲春于金乡羊山

宋　马远　古松楼阁图　大阪市立美术馆藏

牡丹赋

牡丹者，方今声闻天下，然，世人未尝知其遁乎深山而幽。山川之灵种，何以入凡世以成万花之王？甫见真容，百卉称臣。自《神农》记其用①，《诗》言载其情②，隋唐登御帝之阶，两宋开专研之风③，迄明清以种花为业，迨其今矣，四海遍播。虽立异国之庭院，不乏花王之凌然。三千年来处④，九万里独芳，珍花异木者多矣，无不黯然俯首。

诚然，早有名动京城之誉⑤，复以洛阳甲冠之称。然今古善地，倚枕运河，日月有序，风雨乖调，处天地之中，得中气之和。名不必赫然，位不必独显，上下四方咸宜，往古来今有道，岂不安居？女史谢明珠，以牡丹之所托，移植安居其地，号之"四季牡丹园"。非为个人之雅赏，乃为造福生身之家邦。以其无私，故成千亩之泱泱气象。

时维三月，序属暮春。任城万家出户，齐鲁四方来游。岂不见，自古及今，雅士云云，思之如狂，歌以咏之，题以记之，纷纷纭纭，熙熙攘攘，极尽铺染之力，写尽繁华之象。目之所及，不胜其丽。晓霁初发，卿云烂漫，珠颜盈烁，霞光叠见（xiàn）。远观如星光景布，近抚有清露盈面。其光与日光逼接，其气与物韵流形。晚发有君子之风，盛放有王者之象，凝目有摄魂之能，娇羞有百转之叹，举手有舞

---

① 据《神农本草经》记载："牡丹味辛寒，一名鹿韭，一名鼠姑，生山谷"。在甘肃省武威县发掘的东汉早期墓葬中，发现医学简数十枚，其中有牡丹治疗血瘀病的记载。
② 《诗经·郑风·溱洧》载："溱与洧，方涣涣兮。维士与女，方秉兰兮。女曰'观乎？'士曰：'既且，且往观乎。'洧之外，洵訏且乐。维士与女，伊其相谑，赠之以芍药。"此处芍药即牡丹。
③ 隋代的皇家园林和达官显贵的花园中已开始引种栽培牡丹，并初步形成集中观赏的场面。
④ 三千年：概数，不确指。
⑤ 唐刘禹锡《赏牡丹》载："庭前芍药妖无格，池上芙蕖净少情。唯有牡丹真国色，花开时节动京城。"

者之袤，颔首有醉人之痴。或擎或捧，半辞半迎，上下胧胧，前后鳞鳞，绣领云肩，点染广襟，千叠万嶂，婷婷灼灼。赤如曜日，皓如明月，绿如碧玉，黄如琥珀……其质也独立倾国，其情也难离难舍。虽琅玕不能尽其颜，尽其意也。然岁有四时，天有风云，感岁华之朝暮，哀草木之凋零。一番风雨，花冠垂焉。促膝附耳，怅然若失。然，玉颜犹在，其气愈华矣。忽生谦谦君子之感，忆及本是幽谷仙子，虽世间繁华，风雨洗涤，不能改其志节。君之所在，非为一人之好恶，非为一时之灿然。岂不闻，武后①虽有百花齐放之旨，独牡丹不畏其权，于宠辱间出世情而独立。星辰焉能逆转，江水岂可倒流，违时之事不可为也。故，世间道路，万里长征，上下求索，不过一念尔。虽领袖②亦取次回顾，嘱我青年之志气，民族骨血见于草木品格，乃物我相通之理。由是，我中华之繁盛久矣！

　　国之四季，顺序井然。斯园从天时，处地利，以牡丹之名兴实业之举，从其根本，遵其意志，以养生民。四季者，其态不拘于一日，其用不拘于一时，日月常在，则与民同在。千亩土地，以遗（wèi）千里乡亲。尺余花冠，遍施周身之力。其花可入药，其蕊可入茶，其油可食用，其下可养鹅。或品、或敷、或调、或蒸，无一处不能尽其能。已成富民之机，产业生态，乡人交相称赞，津津于一方福田。烟霞乘东风而至，朝阳着万丈投来，人人有工可做，户户馨香萦怀。皇天命之，厚土载之，牡丹之伟，前所未闻矣。虽静不及幽谷，贵不过王庭，

---

① 清代长篇小说《镜花缘》记载：武则天在一个雪天曾命百花同时开放，以助酒兴。下旨曰："明早游上苑，火速报春知，花须连夜发，莫待晓风吹。"百花慑于武后的权势，都违时开放了，唯牡丹仍傲然挺立。牡丹不畏权势、英勇不屈的性格，被后人称道。
② 1939年至1940年春，在严酷的战争间隙，毛泽东、周恩来、朱德两次去延安万花山赏牡丹。

然今受命昌然，合为时而开。岂不慨然而叹曰：生乎？生哉！

炫兮，烂兮，紫气来兮，华盖亭亭，青鸟衔钰，香透九天，声闻万里。气华者不在容貌倾城，为王者不在气势凌人。知谦下，知进退，知荣辱，知体用，以有用之身全有生之义，举全园之力唱时代之好。此谓四季牡丹园之兴，此谓天香牡丹花之美，此谓时下之任，此为上善之举。

草木安居，则四季安；家园安居，则天下安。

——己亥孟夏于任城

元　陈及之　便桥会盟图（局部）　故宫博物院藏

扫帚赋

岂不闻,一屋不扫何以扫天下?

夏代中兴,少康复国。王朝蒙尘,思报国耻,结集旧臣,扫除寒浞。乃君之善察物理,勤务尘嚣之故也。观野禽行迹而通变,识百物用途而制帚。不使天地以蒙尘,务还长空以清明。扫帚始成![1]

泱泱华夏,数千年文明史迹;滚滚征尘,几万里风云迭起。关乎否?开卷数典,家珍就列。不思图变,何来中兴;一屋不扫,焉有大治?!

战国荀况至千里而广积小流,终汇江海之源;汉末皇叔扫天下而不避小善,以成鼎立之势。光武下诏责悍将,仁心一度惜敝帚。[2]百姓居家如扫帚安室,每户必入,每日必勤。无此则上结蛛网,下积尘垢,处处凌乱,一片狼藉。思则无绪,行则无路,家则不周,业则不立,人则不达,嗣则不兴。屈于户隅牖下,虽不鸣于显贵之物什,亦鲜入于达官之睹视;然,谨守本分,克勤克恭,乱则出而治,兴则退而守。其情洁,

---

[1] 东汉许慎《说文解字》载:"古者少康初作箕帚、秫酒。"也就是说夏王少康最早制作了扫帚,也最早酿制了酒。据闻,少康一次偶然观察到野鸡拖着受伤的身子爬行,身后灰尘渐少,便思虑鸡毛的作用,并做成了第一把扫帚。其后,又不断改进,因为鸡毛太软,又不耐磨损,换成了其他的竹条、草等材料,扫帚越发耐用。

[2] "敝帚自珍"出自东汉开国皇帝光武帝刘秀在都城洛阳所下的一道诏书。汉刘珍《东观汉记·纪一世祖光武皇帝》载:"上闻之,下诏让吴汉副将刘禹曰:'城降,婴儿老母,口以万数,一旦放兵纵火,闻之可谓酸鼻。家有敝帚,享之千金。禹宗室子孙,故尝更职,何忍行此!'东汉刚刚建立,四川的公孙述自立国号,刘秀派大司马吴汉讨伐,刘禹为副将。公孙述战败弃城,刘禹杀其全家,肆意掳掠烧城,刘秀大怒,特别下诏谴责刘禹:"这座城池已经投降了,满城老妇、孩子还有数万人,一旦纵兵进行放火乱杀,谁听了都会心酸气愤。通常之人,即使家里有一把破扫帚,也十分珍惜,可你却这样不爱护子民的生命财产!你怎么这样残暴,竟忍心做出如此的行为?"随即,刘秀下诏撤了刘禹的职务,并对主将吴汉也给以严厉批评。

其操高，其用大哉！得天下非铁蹄踏而履之，抚民心亦当敝帚而自珍。民心之帚如树城之旗，其色朱，其势烈，其衷一也。应东风而不复西去，得其主而不思他往。岂非诚信仁义哉？

史迹昭昭，文韬武略，有体民之心，方就其国。有洒扫之能，方全齐家。诚如大学之道：修身、齐家，而后治国、平天下尔。

《诗》言："洒埽穹窒，我征聿至。"《论语》曰："当洒扫应对进退则可矣"。《韩诗外传》录："夙兴夜寐，洒扫庭内。"《汉书》载："方今大汉，洒埽群秽，夷险芟荒……"攘内靖外，文士武将，无不持执帚之能事。唐有诗言："要须洒扫龙沙净，归谒明光一报恩。"身出塞外，心归关内，四海遂宁，华夏续承。

有用之身，旷达之志，不因时事而移易。

岂不闻，放翁幽居，岁月更迭，不见铁马冰河，沙场点兵，瀌日不知味，落叶而见凄。遗簪安用，敝帚自珍。①一腔报国志，可怜白发生。扫尽庭前冷月，王师北定成空。然，九千诗成报国志，一把扫帚九州同。清静心志，方成始终。

见用则全有用之身，暂疏则为堪为之事。志之所趋，行之所往。躬身就列，见于朝夕。

自然之法，人伦之事。城开户启则汲水洒扫，自古已然。净紫陌而通朝野，清闾巷而睦乡邻。寒来暑往而无落叶积雪，鸡鸣昧旦以成躬身之事。德政清，民风淳。惜民之力，全民之愿。不以身微而见弃，不以物小而不为。

---

① 宋陆游《初夏幽居》诗之二："寒龟不食犹能寿，敝帚何施亦自珍。"又其《秋思》载："遗簪见取终安用，弊帚虽微亦自珍。"

君不见，雄鸡唱晓，东方既明。有小邑居于赵王河之南，镇出鲁地，名曰孟姑集。通贯洙水，东接运河。从孔孟之道，承孝贤之风，施周室之礼，从陶朱之事。下辖诸村，乘德政而谋进取，击舟竞舸，搏浪弄潮。北望岳裔聚居之地，南倚东西通达之道，前杜不弃忠义遗风，思发展，权通变，立制帚之大略，兴村镇之宏业，小技真传以壮民生，家物堪惜而富族亲。

　　开门向南，洒扫庭院迎客来；燕子北回，衔来高粱换金玉。国强尚思民做主，物阜堪解百姓难。政出党令，义存坊间，乡风醇厚，勤劳恭谨，技艺精湛，守诚守信，近结邻里，远交客商。南北通达，水路转圜，车马喧喧，嘉客阗阗。从彗星之能事，破五洲之长空，携中国之技略，使全球以见用，春风拂面，载仁载德。身微以行天下，位卑不敢忘言；身之所适，行之所往，清清明明，干干净净，持帚于怀，勤拂菩提之台；皓月当胸，常拭芝兰之庭。

　　老子曰："天下大事，必作于细。"扫一屋乃事之细微，然，达于无极。古圣先贤，言以示之，行以率之。大治之本，起于微末，大道之行，始于躬身。

　　嗟夫！"一室之不治，何以天下家国为？"论洒扫而思古今，虽殊于仲举少时之志①，然同归于匹夫忧怀之责。扫一屋而平天下，扫足下而至千里，诚乃扫帚当世之务也。是谓："以仁心为己任，虽道远而弥厉。"

——丙申夏于任城

---

① 仲举：陈蕃，字仲举。东汉时期名臣，与窦武、刘淑合称"三君"。少有大志，非志于一室，而志于扫天下，刚直不阿，忠秉敢言。《后汉书·陈藩传》载："以仁心为己任，虽道远而弥厉。"

第三篇　诗赋：壮哉山河　341

宋 马和之 风廛图（局部） 故宫博物院藏

后屯村赋

　　夫天地山川，始于混沌。彼苍苍者，何以成其方圆？奉厚土以为神祇，立社公以求丰年。天地果无初乎？社会何以立乎？[①]

　　上古聚居，不识昼夜，人民少而禽兽众，吸露精而食草木。火树盘曲，神鸟燧木，圣人始出。燧人上观星辰，下察五木，钻以取火，以化腥臊。结草为绳，聚猎渔鱼，以王天下。氏族由是得以繁衍，公社至此遍及九州。

　　俯仰星汉，以历万载。人民乐居，与天地并生，从日出而事耕作；村庄罗布，守山河之阵，植五谷以立社稷。天地之大乎，何以为天？人也。社稷之重乎，何以为贵？民也。惜人民之力，方成富强之国；充仓廪之实，以均天下之势。鼎有九万之重，岂独壮士一力以扛之；地出两河之源，安能不汇细流以东去。故，世间至大者，百姓也，家国至要者，村落也。

　　君尝闻，举凡盛名之村落，或荫于河流，以成生态农家；或举于大政，以全乡邻之愿；或广思进取，敢为当世垂范。岂不见，有村后屯，地出齐鲁西南，北望日兰高速，壤归任城之域，辖属二十里铺。林覆半壁，疑入森林之境；民载民乐，以成圣域之风。若非开天辟地，岂有安身之所；不事破釜沉舟，何来盛世之象。自明燕王北征，王氏随战，因功受封，屯居于此，是为王德政屯。然，朝代更替，氏族兴衰，巨野林氏迁居于此，更名林屯。自定国区划，南望前屯，此为后

[①] 古人以土块为神祇，崇而拜之，祈求丰年。后世乡村有土地庙，供奉土地公公，又称社公。村民聚会，以成社会。

屯，其后沿用。①

然，无罗盘以示方向，道蒙晦而不知何往。数十年屡经风雨，几度飘摇。忍看家园狼藉，痛心民生凋敝。屋漏而无人补瓦，田瘠而无肥可施。蛛网构于梁椽，积垢塞于道路。孤寡疏于问暖，少壮乏计游闲。呜呼！罔顾政通人和，大好河山。

壮士拔剑兮走天下，离燕啾鸣兮思还家，家之不周兮何以国为？人之不孝兮遑论忠义。乘风兮破云翳，除弊兮消沉疴。方欲革易时政，弘务富民之道。方伯守令皆命于朝，各理一方，各司其职，然治民之本，莫若里长之为最也。率至公之理以临其民，则彼下民孰不从化。故，有林家才俊，从三顾之恩，临危而受命，以成大治之功。揽英雄之心，铁臂担当扬眉吐气；合天地之德，肝胆相照再建规章。

嗟夫！气冲九霄兮以德归心；仰民之力分聚众兴业。苗木有情兮奔赴康庄，还政于民兮再推贤良。鳏寡无虞兮先进帮扶，力残户缺兮守望相助。既成模范兮，争相效法；再思进取兮，以振家邦。引进技术保创收，精于合作做产业。社公护佑，菌菇焕彩，物盈千担以换满堂金玉，地出异果以飨八方来客。沃野苍苍，原草离离，薰风阵阵，蛩鸣喈喈。

纵横经济，捭阖法度。地处古邑，道承孔孟。不违圣贤处事之风，以全先师治世之愿。从庠序，行大道，广倡忠义孝悌。布之以淳风，浸之以太和，被之以道德，立之以庭训。使百姓亹亹，迁善从流。呈

---

① 据民国十六年（1927年）《济宁县志·卷二法制略》载：故临清卫所属村庄，王德政屯即此村。明朝初年，王德政随燕王朱棣北征，因功赐予囤地，即在此安庄。取村名王德政屯。清朝中期，林氏从巨野迁此定居，户族繁衍。后王姓微，改村名林屯。新中国成立后，因南有前屯，故林屯名称后屯。

淳和之象则天下自治。

故，天地明朗，道路亨畅，熙熙攘攘，钟鼓锵锵。乾气氲氲，呈祥呈煦；坤德煜煜，载物载华。鸿鹄之志兮富民一方，封印不悔兮情回故乡。壮岁堪为兮一千日不舍昼夜，鲲鹏正举兮九万里扶摇直上。行色兢兢，德业赫赫。举义庄，瞻乡里，无愧于君父，可告于祖宗。此后屯之治也。

夫大丈夫，志当匡扶社稷，然庙堂之高，始于垒末。岂不闻，山显于原，水流于野，云聚于雨露。原野漠漠，阡陌如织；世间至广大者盖出于此。猎猎情怀，尽付斯地，挥斥八极，胸罗万象，吐纳涵容，旷然禾畴，如寻幽出谷，豁然开朗，岂非一番天地哉！

噫吁嚱！溯洙泗而闻道：闾里村庄，社稷之基也。基不倾者，其上必安！

——丙申夏于济宁后屯村

宋 佚名 牧牛图 大阪市立美术馆藏

青县赋

　　盖天地混沌，鸿蒙未明，无有三光，不分五岳。迨造化之主，化元气而孕中和，生两仪而出四象。天地始开，乾坤方立。风云雨露，草木江河，肇于气血精髓，出于筋脉骨肉，阴阳遂明，万物兹始，是为御世者盘古也。

　　岂不闻：大禹治水，开徒骇河而建殿堂，以祀盘古。又闻：世祖十五年夏，修会川县"盘古王祠"祀之。会川者，今青县也。隶河北，依京津，有京杭运河纵贯，各路干线横穿，南北通达，水路两便，良田千顷，沃野无垠。自汉高帝，以至明清，经民国，迨其今矣，要塞重镇，屡易建制，以成区划风貌。

　　悠悠运河，泛泛平原，温湿利于孕育，照临以滋富土，民德厚以载物，川汇流以入海，阴阳有序，谷粮丰盈。保民生仰其枣木，成贸易远及暹罗。物产一方，声闻海外。斯地物华，斯邦天佑。盘古神农以开立生之本；斧劈耙凿，以成造化之功。

　　君不见始祖安民之所？道貌遗风，民心向善，敬畏勤谨，孝德永延。

　　禹后及年，大唐天佑，有盘古灵光，照耀四方，遂建庙以祀。然，历代更迭，战火无免，风摇雨浸，维德重修。记否飞梁连栋，明殿生辉，祥兽坐望，斗拱悬挑，琼阁错落，五音缭绕。铁铸金涂，历数百年而不易其色；三殿配享，经几十代而未改其衷。古槐繁茂，松筠永春。幸逢太平，际会盛世，年二度会于其地，春秋不更，四方咸聚。拜求祈福，乡俗大显，车马喧阗，商贾蚁集，载驱载驰，载德载福。

此番气象，出于青县欤？①

  仰于无极，俯临下土，盘古有祀，德誉声隆。老子居于觉道庄，孝子出于观音寺。道德文章，羽化真善。法自然而敬祖先，见祥瑞而种福田。康熙驻跸吟下："新霜来朔气，纳稼满西畴"②；将军乞子，一碗枣粥以使冯姓列侯门③。大师传法多行善举度化乡民，王朝兴替几燃战火毁我山河。然，虽有断壁以成家国之警，若无仁心何来香火鼎盛。民风师古，神农有祷：清水供青天。以上善利导万物，以播孝绵延福泽，以盘古之力以开天，以神农之智以辟地。三才既立，何不大刀阔斧；万物已出，长当育佑黎民。

  皓日不殆，皎月照影。斯方之盛，河海永晏，斯民之雍，日月长青。

——丁酉于任城

---

① 传说盘古九月初九生日，三月初三归天，于是盘古庙设一年两度庙会。每年春节一过，各地商贾云集而来，搭棚、占地、备货、洽谈，筹备三月三庙会；庙会一散，主持僧人就抬着木雕盘古像出来祈雨。待透雨落下后，农民们抢种早熟庄稼。秋天，不待庄稼收割完，全国各地商贾又蜂拥而来，筹备九月初九庙会，届时又是一番热闹景象：善男信女，寺院僧道，五行八作，泛舟骑马，云集而来。

② 《青县志》载：观音寺在县西南四十里大孝子墓东南隅，同治六年（1867年）重修。许多帝王墨客到此观瞻凭吊，留下了不少动人的故事。据说，清朝康熙二十三年（1684年）九月，康熙第一次南巡。其间，他察民情，观民风宣风，听说佛定和尚住锡观音寺，遂前往，康熙帝君臣一行驻跸河间府太平庄行宫，并写下"新霜来朔气，纳稼满西畴"的诗句。

③ 指青县观音寺的故事。清朝光绪七年（1881年），腊月初八，这一天是观音寺一年一度的施粥节，青县兴济镇的驻军长官冯有茂前来观音寺烧香拜佛，祈求生子。小沙弥端来红枣腊八粥，用粥后，夫妇虔诚叩拜，夫人抽得一签，曰："将军戎身，福佑儿孙，后辈荣华，位列侯门"，夫妻大喜。后生一子，取名御香，字焕章，他就是叱咤风云的冯玉祥将军。

宋　马远　雕台望云图　波士顿艺术博物馆藏

古里小学赋

欲立国者，先立少年。未见萌芽之未发，而成为大树者。我国土之苗裔，为民族之未来。根系不壮，则国民不强。峰峦浑厚，则草木华滋；土壤膏沃，则根苗硕壮。儒门配享之十哲，惟有言子之南来[①]。用礼乐教化，起弦歌之声。儒之教者成人也，成人者始于童蒙，赖于小学也。是故，此乃国之根本。受荫于儒风书韵，古里小学峃然已百年矣！

观我百年之中国，尝有风雨飘摇之忧，山河破碎之恨。险为鱼肉，任刀俎宰割，西方窥我族之"老弱"，国民存僵死之身躯。晦然风雨笼罩四野，累卵之民遍及九州。民国初立，大旗书"驱除鞑虏"，立志写"恢复中华"。民主与科学成四万万民之愿。师夷长技，励志读书，垂老之态革新除弊，新生之躯立志力学。鱼米江南，常熟古里，铁琴拨弦，铜剑出鞘，瞿公启甲，承祖训，持家业。为"铁琴铜剑"楼四代主[②]，守旧藏典籍书十万卷。遗命后辈，归之于公。先生之风，煌煌大哉。

古里小学为瞿公首倡，初，借地古里继善堂[③]。承继贤士之风，善

[①] 言子，言偃，字子游，又称叔氏，常熟人。春秋时期思想家，"孔门七十二贤"中唯一的南方弟子。擅长文学，曾任鲁国武城县令，阐扬孔子学说，使用礼乐教化士民，境内到处有弦歌之声，为孔子所称赞"吾门有偃，吾道其南"，人称"南方夫子"。逝后从祀孔庙，成为"孔门十哲"第九人，享受儒家祭祀。

[②] 铁琴铜剑楼是清代四大私家藏书楼之一，位于常熟市区以东古里镇。藏书楼建于清乾隆年间，已经有二百多年的历史，创始人瞿绍基，瞿氏五代藏书楼主都淡泊名利，以藏书、读书为乐。在金石古物中，瞿氏尤为珍爱一台铁琴和一把铜剑，铁琴铜剑楼由此得名。古里小学的首任学童为瞿家第四代瞿启甲。

[③] 古里小学成立于1912年，成立古苏乡第一高等小学（完小），办学地点为古里镇继善堂。1913年，成立古苏乡第二初等小学（1—4年级），办学地点为苏家尖。

作教育之事。沐泽一方，遍访蒙童，从小学校令，倡六岁入学[①]，凡历十余年风雨，一朝归团结童浜[②]。

斯时，国之不立，邦之不兴，日月无常，天地凋零。生死无非朝夕，裹腹不见稻粮。军阀有割据之力，庶民无立身之本。国体飘摇，烽烟起于阋墙；精神涣散，意气沉于浮土。百里无可用之士，门户无读书之声？呜呼哀哉！教育无以为继，童蒙复归田野，礼乐不兴，衣食不周，瘦骨赤脚，瞳孔暗晦。茫茫寰宇，月沉星降。未来何在？希望何在？

建国君民，教育为先。自新中国立，移时易势。并公私，成建制，春风叩国门，高楼起平地[③]。校舍一新，文明其精神；赛道重茸，野蛮其体魄。食要添锅设灶，学要一网联通。一粥一饭体百姓之艰，一笔一划作大写之人。琴声出铁骨，有铮铮之气；书生出剑魄，掷金石之声。方今之时代，教育之要义，在于放眼宇内，襟怀天下；在于起于垒土，跬步稳进；在于抱朴守正，切磋琢磨；在于笔点天文，小荷出新[④]。承古风书韵，养剑道琴心。成开放、勤奋、精致、创新之人文精神[⑤]。拱手揖行，新儒风成于谦恭礼让；清心明目，好少年养于知行合一；黑白分明，大丈夫应当经天纬地；起落腾跃，小学生也知尺寸转

[①] 1912年，当时的教育部公布《小学校令》规定："儿童满六周岁之次日起，至满十四岁止。凡八年，为学龄期。儿童达年龄后应受初等小学之教育。"
[②] 1921—1926年，设置南湖第三初等小学。1931年以后南湖停办，设置到团结童浜。
[③] 春风即改革开放的春风。1949年4月常熟解放，同年五月，政府通令接管公、私立学校。1950年上半年，确定中心小学建制。1979年，恢复中心校建制，复名为常熟县古里中心小学。1984年，开始建教学楼。
[④] 取自古对联："藕如泥中，玉管通地理；荷出水面，朱笔点天文。"也取意"小荷才露尖尖角"。意为高格、出新、创新。
[⑤] "承古风书韵，养剑道琴心"为古里小学办学理念。"开放、勤奋、精致、创新"为古里小学人文精神。

圜。一礼，一书，一棋，一球，至小至大，培塑人格，涵养素质。

成人之要，在于一"勤"[1]字。劳力如黄土黏泥，耕牛知稼穑之艰。人生之于天地，不可四体不勤；长之于厚土，不可五谷不分。察气象变化，知春种秋收；体万物之劳，知来之不易。勤且俭者，大器之象也。求学之道，即天下之道。路虽险远，抬步可期；境虽艰苦，躬身可度。家鸡孵卵，不敢稍离须臾[2]；大鱼护子，须得口含月余[3]。闻鸡鸣早起，伴流萤苦读。千锤万炼，方成可造之才。琴声辽远，锋刃凛然，盖出于斯矣。

方今中国之责任，依旧在我少年。中国无王霸之心，有仁人之志。中国之现在，已九天揽月，中国之未来，当和合万方。

君不见，红日初生，霞光扑面，浪腾江河，鹰隼振翅，校园新声，南唱北和，我中华累立十余万所，兴教育之第一要务。有争发之势，竞荣之象。而小学之体用，立于百年者，鲜矣！

我古里少年，知礼仪，担责任，能奉献，肯进取。口不吐恶言，耳不闻恶声，行不从恶径，心不生恶念。有琴声充耳，把铜剑当胸。二百年古籍作底，一千里浩然正气。斯风之盛，未来可期。

——辛丑中秋作于山东济宁

---

[1] "勤"为古里小学校训，也是为人立身之本。
[2] 母鸡孵蛋，需要在鸡蛋上趴10多天，基本不能离开，过程很辛苦。
[3] 金龙鱼产籽后，雄性金龙鱼为了照顾孩子，需要把它们含在口中至少50天，这期间不能张口，也不惧怕饥饿，好使孩子们存活。

别　赋

　　江淹留一问兮，千年无回应①。相如赋长门兮，扬雄已不为②。暂离何堪状兮，永诀而辞穷。聊作轻狂兮，敢与君论"别"。礼薄义弊兮，当此思易水，芜菱稗草兮，谁肯守兰庭？！

　　此去不忍顾兮，此别不忍言。步寒寒而行远，神惚惚而行散，风凛冽兮凄寒，叶飘零兮岁晚。水凝滞兮悲咽，路无辙兮地偏，径往兮而不回睐，频拭袖兮而身单。

　　别乃一绪兮，捋离情之万千，人无常性兮，暮侵薄而襟寒，岁无定轨兮，开妆奁兮对青鸾。户深月盈兮空掩，夜静斗横兮泫泣。夫人魂散兮椒房冷，沈园绝壁兮鹤常鸣，金石续录兮独漱玉，回文织就兮打马回。悲乎哉，妇人之别兮断肠③。

　　奈何烈比男儿兮绝闺情，漆室怀家国兮问清明。貂裘虽御寒兮不

---

① 江淹（444—505年），南朝政治家、文学家，历仕宋、齐、梁三朝。江淹六岁能诗，十三岁丧父。家境贫穷，富有才学。江淹是南朝辞赋史上的名家，现存辞赋二十八篇，全部为抒情咏物赋，特别善于摹写"悲"情，并写有一系列的"悲情"作品，如《恨赋》《别赋》等。江淹的辞赋在艺术风貌上还呈现出悲慨劲健之气，又在古意中流出一股清丽之韵，一扫当时赋坛上流行的靡靡之音，代表了当时辞赋的极高水平。江淹曾在《别赋》末句留有："谁能摹暂离之状，写永诀之情者乎？"。
② 司马相如，西汉辞赋家，中国文化史、文学史上杰出代表，曾作《长门赋》，鲁迅的《汉文学史纲要》中还把二人放在一个专节里加以评述，指出："武帝时文人，赋莫若司马相如，文莫若司马迁"。扬雄，学者，西汉辞赋家，早年极其崇拜司马相如，故后世有"扬马"之称。扬雄晚年对赋有了新的认识，在《法言·吾子》中认为作赋乃是"童子雕虫篆刻"，"壮夫不为"；并认为自己早年的赋和司马相如的赋一样，都是似讽而实劝。这种认识对后世关于赋的文学批评有一定的影响。
③ "夫人魂散兮椒房冷"，写西汉汉武帝的李夫人去世后，汉武帝经常在宫中深夜缅怀，作《秋风辞》。"沈园绝壁兮鹤常鸣"，陆游与妻子唐婉被迫分离，二人在沈园再见后唐婉离开人世，陆游悲怆思念至极。"金石续录兮独漱玉"，李清照的丈夫赵明诚逝去后，李清照继续作《金石录》。"回文织就兮打马回"，魏晋才女苏蕙，嫁于秦州刺史窦滔，后窦滔另有新欢，苏蕙作锦字回文《璇玑图》，织好后，苏蕙派人送往襄阳交给窦滔。他读懂了妻子的一片深情，当即派遣了一批人马，到长安接回苏蕙。自此，夫妻恩爱。

见用，故园正飘摇兮向重生。愁雨凄风，仗剑复兴，此身何为，天下为公。此一别，留就轩亭惊梦，还我女儿真情！①

百年不肯易志兮，与世不与兼容。至屈子之幽院兮，去屐履而委地。目眈眈兮骋望，步悠悠兮弛张。朝流连兮江皋，夕浣纱兮兰汤，薜萝兮为裳，蕙芷兮相纫。饮菊华之琼浆，乘清气而御方。玉佩铛铛兮缓行，君子翩翩兮忘归。征尘兮忽起，皂旗乎翻飞。惟夫兮不党，楚风兮凄凉。路漫漫兮何所往，言凿凿兮无所商。仰无极兮混沌，俯地坤兮苍茫。水湛湛兮不复往，泪漱漱兮而神伤。

有渔父兮既问："奈何甘以清白兮江葬？"

堂不明兮君惛惛，臣不忠兮国不存，民不生兮意惶惶，余无力兮复何如……

呜呼！从沧浪兮离骚，不见君兮国殇。

过秦风之潇潇兮，经冷刃兮沥胆，履累墟之苍凉兮，数哀魂之多艰。

悲草莽兮楚汉，哀项籍之悲欢。黄河沉舟，秦军九战，直入辕门，莫敢瞻观。神剑断羽，威吓震天。扛鼎之巨力兮不复用，江东有乡人兮安肯还。乌骓兮长啸，虞姬兮试剑，目不暇兮音不断，血将枯兮楚腰纤，气不绝兮身先行，家在望兮别君面。君不存兮妾何如，同赴命兮不苟生。惝惝定远遗荒冢，浩浩乌江说故渡。别后楚河已无浪，汉界开疆赋沧桑。

别之幽恨兮无限，邦无安宁兮怅然。荒漠落雁，昭君之出塞，焦

---

① 秋瑾曾在《满江红》中写下："身不得，男儿列；心却比，男儿烈。"她早年东渡日本以救国，加入同盟会，后在轩亭从容就义。

尾余悲，文姬之北望。皇叔遗恨兮无商量，阿瞒知命兮怎匡汉。汉室不复兮土分崩，家国不周兮悲复往。

经颓宋之南渡兮，举家国以迁徙。作雁字一回望兮，泪眼乎滂沱，道路以泥泞兮，举步乎千钧。百里炎溽兮，戚戚嗟嗟，壮士已无用兮，童叟复如何？

闻芦荻之低咽兮，江翻淤而无鱼，渚清冷无垂杆兮，舟傍江之寒光。欲北渡而无浆兮，怅闲愁乎断肠，告离恨天无涯兮，举樽乎酹月，欲挑灯读春秋兮，频掩卷乎起望，几岁华已飘蓬兮，雨沥沥兮潇下，面青山而买醉兮，峡猿啼而悲发。剑高悬于颓壁兮，锈满添于锦匣。叹卧厩之瞎马兮，忘经途之还家。乱离充于四方兮，今惴惴兮意何涯。久绝老妻之音信兮，官驿荒芜兮草杂。东山已望断兮，哀谢公之不发！①

忠直已封笔兮，奈何鹏举已殒命解甲！②

胡骑正张狂兮，胡尘乎漠漠。谁能破妖氛兮，拘盗乎定国。逢家祭以告罪兮，传捷奏乎授钺。男儿追风兮御马，建功业兮身家，谈笑功名兮鼎鼐，卵破草折兮祸延。诗成无以绝悲兮弃笔，酣卧无以忘忧

---

① 东山再起指东晋谢安的故事。谢安是陈郡阳夏（今河南太康）人，出身士族，年轻时与王羲之等交好，喜好清谈，吟咏山水。素有才干和名望，但是他宁愿隐居在东山，不愿做官。后因战事紧张，谢氏在朝廷势微，谢安应征西大将军桓温之邀担任他帐下的司马，谢安从新亭出发，百官都为他送行，御史中丞高崧对他开玩笑地说："足下屡次违背朝廷旨意，高卧东山，众人常常议论说，谢安石不肯出山做官，将怎样面对江东百姓！而今江东百姓将怎样面对出山做官的谢安石呢！"
② 岳飞，字鹏举，他于北宋末年投军，率领岳家军所向披靡，"位至将相"。1140年，完颜兀术毁盟攻宋，岳飞挥师北伐，先后收复郑州、洛阳等地，又于郾城、颍昌大败金军，进军朱仙镇。宋高宗、秦桧却一意求和，以十二道"金字牌"下令退兵，岳飞在孤立无援之下被迫班师。在宋金议和过程中，岳飞遭受秦桧、张俊等人的诬陷，被捕入狱。1142年1月，岳飞被冠以"莫须有"的"谋反"罪名，与长子岳云和部将张宪同被杀害。

兮自怜。将军兮长吟,汉史乎封尘;山川兮如旧,往事乎嗟沉;周室兮衰微,庙堂乎不存;临危兮受命,堪负乎几人?故国兮行远,英雄乎绝罕。边漠兮未定,干戈乎相煎,鼙鼓兮凌乱,旌旗乎倒悬;倏忽兮日沉,怀兰兮樽干;永夜兮凄寒,我思兮忧烦;江南兮囚居,迁客乎无眠。尽醉兮北望,盼复乎中原。

华夏兮千年,道阻乎变迁。霸王兮逐鹿,赢君乎苟安。山河易姓兮,民至哀而无生,国无栋梁兮,百城破而家亡。家国不复兮,频倚门而回望,草萧萧兮陋巷,恶吏相答兮体伤,老父力不逮兮,道曝而无以葬,孺子犹待哺兮,易之而忍悲咽。士割袍而扼腕兮,民弃耒而田荒。常焚书兮避谤,皆缄口兮忘言。仁兮,义兮,存乎哉?

阖卷兮起问,饮泣兮声咽,至悲者何如?

子暇思兮怅叹——别!

去国者倾颓,离乡者民殇,断琴者葬心!

太山之阴兮,有悲怀善鼓琴者,援琴而操兮山高而志拔,滚拂而自如兮坦荡而水潺,转弦如松涛兮,调轸兮如烟,起作鹰鹘兮,落痕而珠溅。曲转千回兮,风流而浪湍。行心笺之缓缓兮,愁绪而频添,问当世之碌碌兮,谁和流水缘。

山野有善闻者,履险兮久待,隔崖兮断音。蓑笠非为渔兮,斧斫非为薪,短衣蔽锦心兮,革麻可为弦。余音堪与论兮,夫子赞颜回,仁德不可绝兮,请君调素轸。此音当永续兮,此身已销亡。

汉阳舟孤绝兮,抱琴而肃立,沐冷月两轮回兮,不见归樵人。五帝停御兮,山神而泣下;神女动容兮,雷公已暗哑;阴阳易位兮,草木纷纷下;蛟龙出江兮,茸鳞而黯然;过雁回眄兮,履水而褰裳。离娄①已睇兮，玄珠而复昧。师旷长瞽兮，秉烛而不明。②

玉轸抛残兮，金商凌乱。子期不在兮，谁与复弹？

湖海空悬兮一片玉壶心，此曲终绝兮不见知音人。

瑶琴身碎兮，长绝凤尾寒。

阳关唱彻兮，与子永别离。

吁嗟乎，值岁华之易凋兮，哀别离之销魂！

——乙未冬于任城

---

① 离娄：古代视力极好的人。《孟子·离娄上》载："孟子曰：'离娄之明，公输子之巧，不以规矩，不能成方圆。'"焦循正义："离娄，古之明目者，黄帝时人也。黄帝亡其玄珠，使离朱索之。离朱，即离娄也，能视于百步之外，见秋毫之末。"汉王褒《圣主得贤臣颂》载："如此则使离娄督绳，公输削墨，虽崇台五层，延袤百丈而不溷者，工用相得也。"唐韩愈《明水赋》载："形象未分，徒骋离娄之目。"
② 师旷：春秋时著名乐师。他生而无目，故自称盲臣、瞑臣。为晋大夫，亦称晋野，博学多才，尤精音乐，善弹琴，辨音力极强。以"师旷之聪"闻名于后世。瞽：目盲者。《书·尧典》载："无目曰瞽。"

山东嘉祥赵王河

儒学赋

究物理之源，论世界之势，浩浩汤汤，交融互变，千年奔涌不止，无非和合与共，其道一也。

上古三代，肇文明之端，开社会之制。思接天地，哲参穹庐，灿若星辰，明明堂堂。从先民之创造，尧舜之典仪，周公之礼乐，以成儒家者说，是谓儒学。

夫时代更迭，气象有异。春秋渐废王道，诸侯乱于九州，上下重蹈于倒悬，四方复归于混沌。生民茹草饮水，遍地羸马瘦人。弃修德之事，乏振兵之威，国不可立，民不可生也。是时，集前贤之大成，成万古之至圣。夫子破暗晦而既明，倡仁义之风，比之以大禹之志，决九川以致四海，天下遂宁。

古今社稷之重者，民之生也。先时有典册，叙事理于竹帛，闻之曰："人不独亲其亲，不独子其子。"故，作新乐以充心耳，调节奏以利平和。经国济世、顺序人伦，泽被后嗣。礼义立，贵贱等矣；乐文同，上下和矣。由是，同天下矣！

儒学之显，非在一朝一日也。

孔孟圣贤，邹鲁儒士，盖学儒者之业，从先周之道，克己为仁，取利于义。人至达德，事至中庸。守赤子之心，发恻隐之情，长大人之风，成浩然之气。终战国之乱，成四方一统。始皇东巡，峄山立石议封，不能从一而终，至二世而斩；高祖敬祭，过鲁亲祀孔子，不忘举义关中，成盛世之治。虽取天下于马上，能开诗书于殿前，则社稷安也。儒学于汉，顺时势，兴权变，开太学，置五经，游艺经文，任用贤良。举国上下，清气斌斌。天下学士靡然乡风矣。则江山久治，家国太平矣。

秦汉魏晋以来，社会屡历颠覆，神玄之学汇入，援佛道以入于儒，充辅翼以成于事。①有盛唐弘文之象，程朱理学之生，阳明心理之念。以至其后，历代皆有损益。元虽外夷，入主加封孔、孟、颜、曾诸贤；明优圣裔，宣谕诰命也修诗礼家风。斯时，四海广开思路，学问非独一家。西方大举文艺复兴，教士来华方巾儒服。②薄物征知③，大开训诂之风，经世致用，萌发民主精神。吁呼，虽道途有颠覆之危，亦能和谐万物，自适于时代，以成方今之大气象矣。

诗言："既醉以酒，既饱以德。"君子于斯矣，尽心知性，非惟为我，曲肱安枕，反身而诚，万物皆备，百善咸集。外圣内王而不失寸土；以德化人而不寒民心；营生务本而不荒田地；倡文弘道，而不弃学问；思之无邪，而不舍本真。穷究义理，察焉精绝，高瞻而极，远利天下。儒者，其大无形，其小无内也。

苍苍者，天也；亲亲者，人也；仁民者，义也；爱物者，诚也。天人分明而不相害，并行其道而不相悖。同天下之利而得天下也。率天之命，骋能化物，儒风长沐，立己达人，载仁载义，天下公道也。

——庚子夏于曲阜

① 援佛道以入于儒，充辅翼以成于事：东汉末年，社会动荡，到魏晋南北朝时期，矛盾丛生，道家回潮，玄学兴起，佛教兴盛。佛道二教融入儒学，以成辅翼，适应国情。
② 方巾儒服：明末传教士利玛窦来华，穿儒家服装，看儒家经典，学习儒家礼仪，使儒家学说和基督教教义概念互释。
③ 薄物征知：荀子之说，指靠近事物而认识它。源于儒家的实证传统，是一种经验主义的认识方法。

登山赋

　　盖闻泰山之巍巍，尼山之毓秀，子独未闻泗水风光之旖旎乎？适逢早春，结友三五。慕远山之祥态，乘东风而举步。起于"老猫山"下，历"元宝"诸峰，至"红顶"方休。群岭托盛体于泗河之滨，历百代变迁而不改。顺时依序，巍然凛然。冬则草木殒零，春则遇水滋发。崇岭崔巍，状貌峥嵘。今登临野客，感时用意。仰观苍渺天地，周览层峰曲旋。或刚秉以直入，或逶迤以倾倚，或舒展以坦荡，或半隐以含蓄。虽百态不事妖娆，以青黛终成一色。下崎岖而无所依附，上洞彻则难以攀登。百鸟集，早于冬临而远翔，东风约，恰逢春至而来归。看脚下荆棘互动，察前路又是险峰。循道不肯回眸，清心岂恋红尘。凌虚以守神，慷慨而奔赴。

　　临绝壁兮独立，目苍茫兮相接。交有际兮会有期，哀去日兮无回时。你呼之以"哎喂"，我应之以"嗨哟"。似泉水之咚咚，如琴瑟之铮铮。山虽不动，有呼必和。人虽不识，同声相应。我往之山脊，你俯冲山凹，一动如蝼蚁于天地，远近直难辨于雌雄。待道路以目，呼名字以相认，叹机缘之玄妙，感岁华之易凋，怅人事之缥缈。相逢一笑称故人，茫茫故事已成尘。来矣往矣，有无相易矣。

　　直往而能胜，知折而豁明。再攀乱石而登高，重履危地之险境。览山巅之胜景，悲春气之迟滞。山萧萧兮极望，旷千里乎无人。草木期于必死，何苦抱刺而终身？宁委身于垒石，不扬浊于路尘。骋大志于道，置肝胆于野。当隐迹于世，彰纯良于一。诚刚愎而涵容，修肃身于静穆。知荣辱而亮节,逆天道而不行。

人尝言:世事无常,天道有常,诚也。山中有洞壑天成,结土以为龙,遇风而成伤,渐玄化而不刚,隐德性而不彰。风蚀以成沟壑,委蛇蛰于幽穴。拊衰草以叹息,哀时序之易变。倏尔便转,忽焉向前,或亹亹以朗然,或萋萋以萧然。朱实若不因时而凋,素草焉得回春而荣。极目于天地,骋思于物外,出乎心神之际,入乎苍茫之野,达乎若无之境。听幽泉之所出,逐夫子之所居。忽焉山岫之凹,与兮峻崖携游。峣峣乎骋志,飘飘乎若仙。层叠若大象无形,穴风似大音希声。有形处通明,无形处淑清。太虚寥廓,百思咸集。万物兴亡,惟道而已。世人求万而忘一,有形者必朽,循迹者必穷。无路处无不是路,有路处未必能逢。筋骨不动则僵,遐思不抒不畅。登临有孟德之慨,连绵盼子建重来。徒然山顶捞月,明珠依然复昧;纵作白鹤亮翅,飞鸟不见天外。穷岫驱云,日月破翳。所见者,山也;所忘者,我也。

险峰过尽,观崇岭之踞态,无重山之困厄。接四月繁花之盛,向罗汉躬身再行。斯时,山中何事?也取清泉酿酒,采松花煎茶。结客又来,吟啸天涯。人在山峰中,山在天地中。性命之几微,鸿毛之浮轻。方今之重者,山也,义也,自守也,寡欲也。所攀登者,唯一道也!

——壬寅春应友人之邀于泗水登山后记

泗水山峰

黄河颂

　　发于蒙昧，生民缘水而居；淘尽风流，母职①百代不废。其意绵长，不占世界之最；其功至伟，不行倨傲之态。西出青藏，奔流自天而来；东入渤海，倏忽遁形而去。不学夸父逐日，长记老子观水。尔取法自然，自周身璀璨。经历险阻，屡赴山川，也堪重负，携沙缠绵。天地也曾不仁，竟至千余次决口；人民劳动生息，不辞数十回改道。虽九曲迂回，而景象万千。自飞流直下，一任奔流，以至不滞不塞，豁然开阔。沉积孕生，万物滋发。数千年农事生息，两大族②终成华夏。开怀抚育生民，摇篮滋养文明。开历史之宝库，甲骨文有迹可循；数历朝之古都，三千年接踵不废。有九鼎青铜定江山，执铁面斧钺开太平。儒士求仁，曾经一时纸贵；匹夫迷途，争握指南神针。诗言：克明其德③；人说：东鲁遗风。世有七彩之色，独认黄土为本。纵弯十八之道，能纳百川之流。虽挟荒野砂砾，劈开重岩叠嶂。有奔腾万里之慨然，纵神兽不及；怀直下千尺之勇气，虽飞瀑难敌。进则千军莫当，舒则吞天吐日。决口似天窗崩裂，闭目共夕阳养神。岂不伟哉壮哉！

　　黄河之变，非无常无义也。风云乃自然气象，变化是万物之本。真豪杰凭河骋怀，是懦夫涤尽虚荣。多少唠叨被黄沙漫卷，仅有辞章成大河绝响。遇侵犯旌旆蔽日，金鼓齐鸣；渡将军自废天险，一桥飞

---

① 黄河为母亲河，似母亲一样滋养着代代生民。
② 炎黄。
③ 取自《诗经》中《鲁颂·泮水》"明明鲁侯，克明其德"，颂扬鲁侯修文德。

架。导正向善，识奸辨恶。善则无以染色，恶则洗濯不清。虎啸纷至，激荡情怀。惜汝跌跌宕宕，曲曲折折之路，敬汝浩浩荡荡，堂堂正正之风，流沙与岁月同庚，本色共天地齐厚。

彼时神龟献瑞，图出河洛。此际乐起钧天，绿满沙洲。开天地曾经八卦，保太平再绘宏图。呼吸同命运，气运需均衡。岸堤高筑，处处有氧森林，不知人间仙境；龙蛇由缰，一路送你东流，行遍故乡他乡。有虹霓起于将军渡①上，见紫气伴着飞鸟翔来。天地通联，殷勤探看。鲤鱼闻声翻浪，竞相穿梭；麦穗见机张望，争归粮仓。近有流水涛涛，远有镐声隆隆。盛世之象不可阻遏，吞吐之门已然大开。登高望远，游目骋怀。此处虽不见壶口飞瀑，放眼却万里地上悬河。梁山港②水路双双通航，为国家储煤运粮，再不需人拉肩扛；黄河滩绿草茂昌，有老叟闲话家常，看过去半生风光。弱柳拂岸，也生照水之态；南风徐来，细抚沧桑之台。说当年大禹治水，谈那时东坡登楼③，忆往昔水漫东床，喜今朝新苑楼头。膏土腴田再不需问天借饭；河道通畅，可有生安享天年。岂不安哉乐哉！

斯时也，水调歌头，英雄依然义薄云天；渔舟唱晚，豪士相与襟

---

① 将军渡是刘邓野战军司令部渡河之处，人们称之为"将军渡"，在梁山黄河岸观将军渡，与台前县隔河相望。1947年6月30日夜，解放军晋冀鲁豫野战军一、二、三、六纵队十万大军，在司令员刘伯承与政委邓小平的率领下，强渡黄河，一举突破黄河天险，千里挺进大别山。1949年春，中国人民解放军第四野战军，携辎重再次渡河，军民一起，克服困难，筹集大船、麦秸、木板、木桩、绳索、铁丝等物，在涛涛的黄河上搭起一座浮桥，大军经过十几天，胜利完成渡河任务，为中国人民的解放事业立下不朽的功勋。

② 梁山港位于梁山县城北的梁济运河右岸。梁济运河是1958年开始挖的新运河，在黄河以南，北起梁山县黄河附近的国那里村，南至南阳湖北端。梁山港依托特殊位置，上通瓦日铁路，下达京杭运河，占据了西煤东运咽喉要地，是山东煤炭保障供应的主力军和连接西部煤源产地和长江三角经济区的重要港口物流枢纽。被业内人士誉为我国最大的、不生产煤的"地上煤矿"。

③ 苏东坡曾在徐州治理黄河水患。

怀坦然。书一笔中国梦，蘸一端黄河水，写不尽惊天动地，千家万户百姓故事；用不尽绵延不断，含泪泣血慈母情怀。他乡游子一抔黄土入杯，长饮儿时滋味；滩区居民，半条鲤鱼开怀，分与邻家共品。日月辉映，照出母亲模样；水气升腾，正是盛世景象。把号子谱成曲，成黄河大合唱；凝热血筑成堤，垒人民幸福墙。百舸待发，尽领时代风骚；芳洲处处，又使翰墨添彩。慈源开万年，代代中华血脉；大道直入海，时时一怀襟月。治河也，国之大计。大计既成，根基已固。斯河之盛，家国之盛。

——壬寅夏环保日于梁山黄河滩区

黄河滩区

尼山赋

　　黄帝画野分州，五岳乃封；周公吐哺天下，社稷遂宁。礼乐备引列邦来朝，圣人出绝万古长夜。君不见沐沂水春风，与天地同流者欤？溯智慧之源，浩浩汤汤千年不绝者，集东方文明以开宗，成儒学大观以化人，巍巍煌煌尼丘山也！盖闻势出蒙山之南，固有五峰拱手，今倚邹、泗而躬身合抱于曲阜，起巨像于圣境，汇诸流于圣湖，开明于乾坤，毓秀于东鲁，载千秋之遗韵，呈当世之示范。

　　古人慕天敬地，克禋克祀①，岂不闻："祷于尼丘而得孔子。"因是名之。尼山西接昌平乡，其父叔梁纥之守邑；东南望颜母山，其母颜氏之宛在②。仰观日月之交替，俯察山川之流逝。钟鼓于朝暮，弦歌于穹庐。前有智慧之源，后有中和之壑，从阴阳之象，得自然之法，开阖呈太极之仪，方圆从中庸之道。薰风和煦，无飚戾之势；春和景明，有安祥之态。协和万邦成千秋之立，建国君民有化育之责。

　　尼山载圣道久矣，尚和合，知天命。其身非有参天之高，而其道不可屈也；其位非在显赫之列，而其名不可夺也。虽为山形，融水之性也。通则为川奔流，塞则为渊自守；不与浊者同流，不在穷处折旋；捧土不能去其势，掘壁不能毁其神。体物容情，通顺畅达，礼乐文章，昭然灿然。

---

① 克禋克祀：祭天求子。禋（yīn）：祭天的一种礼仪，先烧柴升烟，再加牲体及玉帛于柴上焚烧。
② 孔子的父亲叔梁纥为陬邑大夫，在今曲阜昌平乡一带。母亲颜徵在，纪念她的祠堂在今尼山东南方向宋家山头村。

尼山巍巍，胜迹泱泱。吐麒麟玉书，闻钧天降圣。①

山有壁洞，曰坤灵，又曰夫子。口有三丈门槛，内生天然石枕，虎鹰不弃，护佑圣子。自五代筑孔庙于前庭，构书院于其后，历宋、金、至元、明、清，迨其今矣，屡维修复，周全殿、堂、祠、亭，以告启圣、毓圣。启圣者，鲁国虎将，夫子之父也。毓圣者，尼山神，毓圣侯也。盖因"挺毓睿哲，为万代师"，宋仁宗封山为侯，以彰仁孝之风。噫吁嚱，授之者天也，应之者神也，成之者运也。其后奉祀拜谒者不绝。②

拾步阶而旋上，观山川之不回。自棂星门，观川亭，至大成殿，启圣殿，毓圣侯祠，镌云坐兽，雕甍画栋，石柱托体，琉璃饰顶，似蛟龙之瑶辔，若文螭之琼车，仰圣殿之肃穆，问礼乐之嘉声。至尼山书院，闻夫子教诲，若金声玉振。窿顶堂皇，经书琳琅，皓壁曜日，丹柱流光，恍恍似山长捻须，堂堂有诸儒相将。长养儒雅之气，不改教学之风。有开蒙之笔，传五经之义。接踵而来，礼让乃入，闻论语之声，循邹鲁之风。问津乐道，盛象引季札重来；弦而歌之，风流令

---

① 麒麟玉书，钧天降圣，都是关于孔子出生的传说。相传孔子出生前，有麒麟出现于孔家，吐出玉书，书上写着"水精之子孙，衰周而素王"（意谓他有帝王之德而未居其位）。孔母颜氏非常惊异，以绣绂（丝带）系麟角，信宿（两夜后）离去。孔子出生时，母亲颜氏在房中听到天上有仙人奏乐，还听到空中有人说："天感生盛子，故降以和乐之音。"
② 北宋皇祐二年秋九月，仁宗"封尼山神为毓圣侯"，敕曰："兖州泗水县尼邱山崇冈秀阜，云雨所出，储丕佑于商后，孕金气于孔族，挺毓睿哲，为万代师。当崇五等之封，俾均四渎之秩，列于祀典，以表神像。攸司奉书往申昭告，宜特封毓圣侯。"后来，建有毓圣侯祠，奉祀尼山山神，又称尼山神庙。

屈宋哑然[①]。说经典蒙童不让老髯,论仁义女子堪与丈夫比肩。登堂未必富贵之流,开卷必是君子之道。

于斯乎,亹亹太平盛象。自鲁哀公令祀孔子,汉高祖过鲁亲祀,明帝、灵帝祭从周公,祀依社稷[②]。登歌乐奏,司筵执豆,具太牢,列佾舞,九拜肃雍,福泽绵长。长念阙里之恩养,不忘先师之德旺。故,明礼乐之事,成礼义之邦,执文明之炬火,举高歌以和畅。春秋大义,两千年来不改;德侔天地,贯古今于一道。长存文脉,以应新机。儒学圣殿大敞,大学之道已开,礼义门路长立,诗书堂奥以飨。日增万人游览,时有友国登堂。诉历史于水光山色,养性情于日月华光,昼夕不止,祥瑞蔚集。此地不独道德文章,斯邦不是人间霸王。设坛共

---

① 季札:吴王寿梦少子,与孔子齐名的圣人。世人称"南季北孔",历史上南方第一位儒学大师,也被称为"南方第一圣人"。先秦时代最伟大的预言家、美学家、艺术评论家,中华文明史上礼仪和诚信的代表人物。封于延陵,称延陵季子。后又封州来,称延州来季子。屡次辞王位。曾经出使鲁国,深谙礼乐。
   屈原:战国时期楚国诗人、政治家。屈原是中国历史上一位伟大的爱国诗人,中国浪漫主义文学的奠基人,被誉为"中华诗祖""楚辞之祖"。屈原的出现,标志着中国诗歌进入了一个由集体歌唱到个人独创的新时代。
   宋玉:战国时期宋国人。是中国古代十大美男,崇尚老庄,生于屈原之后,为屈原之后学。曾事楚顷襄王。他好辞赋,与唐勒、景差齐名。所作辞赋甚多,流传作品有《九辩》《风赋》《高唐赋》《登徒子好色赋》等。
② 《孔氏祖庭广记·崇奉杂事》记载:"鲁哀公十七年,立庙于旧宅,守陵庙百户,即阙里先圣之故宅,而先圣立庙,自此始也。"孔庙始建于鲁哀公十七年(公元前478年),是孔子辞世后的第二年,以孔子所居故宅三间立为庙。鲁哀公将孔子使用过的物品,放置供桌上进行祭祀,在草堂外布设礼器,并亲写祭文哀悼孔子。古代帝王到曲阜祭祀孔子的一共有十数位,始于西汉汉高祖刘邦。《汉书·高帝纪》载:"十一月,行自淮南还。过鲁,以大牢祠孔子。"汉高祖刘邦到曲阜祭拜孔子,开创历代帝王祭孔之先河,后代的帝王多有仿效。自汉高祖刘邦亲至曲阜祭祀孔子之后,上至朝廷官员,下至黎民百姓,无不到孔庙祭祀孔子。公元25年,刘秀建立东汉政权,总结西汉治国经验,以儒家思想治国,并于公元29年到曲阜,命大司空宋弘以太牢祭祀孔子。《后汉书·光武帝纪》中记载了这次祭孔:"冬十月,还,幸鲁,使大司空祠孔子。"汉明帝刘庄于公元72年至阙里孔庙、亲祀孔子。《后汉书·显宗孝明帝纪》载:"……还,幸孔子宅,祠仲尼及七十二弟子。亲御讲堂,命皇太子、诸王说经……"汉顺帝、汉章帝都亲率文武百官到曲阜朝圣,祭祀孔子,且祭礼更加隆重。后来,汉安帝刘祜是东汉最后一个亲祀孔子的帝王。

论，文明应是何等模样？登高远望，此间便成大同气象。老少相携，怀有谨敬之心；八方来谒，皆如故国家乡。比邻而居，擎明月照四海；呼吸同命，共洙泗以流长。

夫天地之大德，圣人之正位。国有妖祥，不胜善政；山有猛兽，不胜正行。知天人之性，得中和之法，明取舍之义，则运途昭然矣。星辰轮转，允执其中，则天下归仁，大道于斯矣！

——庚子春于任城

山东曲阜尼山

笨人赋

世人忌"笨",争以"聪明"为荣。忌笨、隐笨、恶笨,今甚于古。世人所逐,无非名利二字,而笨人不专精于此。以俗世之标准睥睨身边人、身边事,因其暂无所成而讥笑之。言:此人甚笨,不谙人事。长此以往,世人皆以为耻。削脑刖足跻身"聪明"之列,灭独有之天赋,以成万万之众。岂不惜哉!

故,今日之世界几无笨人矣!

笨人非俗世认定之笨人也,亦非痴傻愚蠢之辈也。何为笨?竹本为笨,竹里为笨,竹白为笨。竹之内里其状如初,其白如纸,如处子之静好,似凝脂之薄衣。世人爱竹。爱其状、其态、其神,独不知其笨也。

竹之笨惟苍天大地所知。深埋地表之下,不露青葱之头,数年不出,寸寸深扎,一朝破土,日进尺余。有叩问苍天之势,有凌霜傲雪之慨。

笨人之道如竹之道。不与百花争艳,不与柳色分春。不汲汲营营,不冒冒失失,不悲秋之萧瑟,不畏冬之凛寒,不遇温差而变色,不因艰难而折返。不取悦于人,不见弃于世,不孤芳自赏,不阿谀逢迎。本我如是,巨石压顶而攀折直上,破洞而出,负重而行,竹之品性终成花木之君子。至是,争相效仿,聊以自比。此笨之当世价值。怅叹痛惜者,惟见世人只知其表,不识其里,附和伪饰者甚众,少有见性自明者。

笨人之行,古来有之。掘石移山之愚公,衔石填海之精卫,炼石补天之女娲,遍尝百草之神农。直钩垂钓的姜太公,还政成王的周公旦,北海牧羊的苏武,西域求经的玄奘。山涧老妇,铁杵磨针,能劝诗仙回头;湘军统领,经典难记,急煞梁上君子;十年增删,只为红楼一梦;行遍四方,终成百草纲目;画影图形,难描鸡蛋一颗;反复试验,终将暗夜照明;退无可退,何不就此破釜沉舟;突围无路,不如开启万里长征。笨者,立定自我,利人大于利己者也!堪为万世之用者也!

笨人之行,蹚出人间大道;笨人之力,铺就历史通途。方今世界,因笨人而造就,未尝见谋取一己一时之私利者,能起九层之台。滥竽充数,难成大雅之音;混水摸鱼,不过一时获益;窃国之富,终遭举国唾弃;贪天之功,反被天意讨檄;殊勋茂绩,任尔取之;崇名厚秩,自我赏之;实才者泥伏,欺世者云飞;忠节克明,已是历史故事;庇民匡生,尽入陋库封尘;无中生有,备一取万。小鸟绕梁,叽叽喳喳说闲事;大鹏展翅,将翱将翔九万里;野草自知,只与春风话心思;大山无言,能容万物来栖息。笨重九鼎,沉沙能定九州事;笨拙匠心,入定可运天下机。笨,可以自省,可以敬天,可以爱人,当其有为时有为,当其无为时无为。人言,乱世则隐,盛世则出。出入有无之间,唯用一好心矣!

岭南圣母冼夫人,贤哉,伟哉!亦一笨女子也!生逢乱世,斯时蛮荒之地,是处战乱四起。有压服诸越之功,有运筹帷幄之能,有称王称霸之力,有偏安一隅之便。然,家园硝烟渐炽,国土分崩离析,酷吏贪腐无度,百姓生无所依。将周身智慧,付诸安定统一。罢兄长之强权,投爱孙入囹圄,弃冠冕之尊崇,轻万世之伟功。无她,无隋朝之大统；无她，无岭南之安定；无她，无南海之归省。然，生不求一碑文作记，身后得两千庙宇供奉。明识远图，因凡入圣，笨之至也！

何不做一笨人？梅花不争春，独领世间风骚；黄杨不攀高，长居一席之地；沉香经久，斧斫成其芬芳；石头就卧，多少清泉流过。青松甘领寂寞，鹤鸣只能九皋。营营碌碌之辈，徒然羡尔瑶台，琼枝高栖。故，力未达时不发，运不济时不出，时未至时不为。专一事，百年不改其志；精一艺，千载依旧称奇。门前有车马驰过，依然东篱就菊；墙下有万金深埋，适然北窗就读。纵饱私囊，不过一粥一饭；声名远播，终成历史尘烟。笨人者，有悲悯生民之仁，有顺天应天之智，有大任堪当之能，有无为自适之境。

山水草木，无不笨也。随形就适，各守其时。笨者，本也！笨人者，世之所需，时之所待也！

——2022年7月1日于茂名冼太故里竹本堂

作赋小记

一日，与容易、照年等友人在冼太故里神道漫步，行间，郑华星先生指向一处竹石让我们看，众人前往，人人驻足凝神细观，只见一丛竹一方石，相倚相交，每一根竹，都在石头的重压下以各种形态努力向上生长，有的穿过石缝直指苍穹；有的顶住压力，曲折攀升；有的宁折不屈，百转千回寻找出路。一时间，众人都被竹子的不畏艰难险阻，勇敢向上的精神所震撼和感动。郑先生说，竹子身上体现出来的是一种"笨劲"，竹子的这种"笨"是一种可贵的力量，是一种高尚的精神。这种力量和精神也充分体现在冼夫人身上，也何尝不是我们这班守护者的真实写照？

冼夫人一生历三朝十帝，风云变幻，动荡不安，然而冼夫人秉持好心，克己奉公，一切为了国家安定和民族融和着心用力。1400多年后，坚持不懈守护冼夫人二十年的郑先生、杨先生以及刚加入立志要一起继续守护三十年的冼太第五十六代孙冯明华先生，他们的所思所想，所作所为，无不令红尘世人十分费解，为什么这样做？可是，当踏在那每一块极为用心铺设的厚重而沧桑的石板上，看着从石缝里冒出的小草那种勃勃生机，再麻木的内心都会被唤醒，难怪有人在这条道上走着走着就热泪盈眶……

世俗眼光普遍认为的这种"笨"，我恰恰认为是一种"贵族精神"，这个时代，这个世界，需要这种像竹子一样的"笨人"、这种"笨力量"，因为这世上的聪明人已经饱和，甚至严重过剩。郑先生说，因为发现了这方竹石，自己在冼太故里的办公室便命名为"竹本堂"，以此作为"笨人"的家,凝聚更多的"笨力量"。我,第一个响应。

是夜,大雨忽至,竹本堂的檐上,雨帘整齐而又有力,听雨思竹,我心情沉重却豁然,即援笔作此《笨人赋》,以期申明"笨"之本义,并求教于方家。

冼太故里竹石

后　记

　　我是在运河岸边长大的女儿，喝着运河的水，枕着运河的波，听着老辈人挖河的故事，辗转反侧，寻寻觅觅。

　　如果要寻找这个世界上最美的语言，那一定是诗词。如果再美一些，那一定是古诗词。如果我要说点什么，我本是不敢的，一如古诗《尧戒》里的告诫："战战栗栗，日谨一日。"我终究只是孔孟之乡、运河岸畔这片沃土上一名写诗填词的小女子。这也只是一本关于古诗词的集子，是一名运河女儿的古诗词。这本书收录了我近十年的部分散作，160余首诗词，以词为主，涉及60余个词牌，兼有部分诗以及20余篇赋，逾10万字。我为什么会喜欢古诗词呢？有人说，我是游走在历史与现实之间的人，经常沉浸在古诗词中，确实如此。比如，我捧着《诗经》，会看到一条宽阔的大河，河边有一个女子的背影，那女子遥望着因征兵而与自己离别的丈夫，那情景凄惶惶。这样的意象在我的脑海中挥之不散。书中还有那英雄女子许穆夫人所展现出来的家国情怀，无不是我内心的向往。一如夫子所言：诗无邪！

　　当然，《诗经》并不是古代诗歌的全部源头，它的形成过程是漫长的，"家族"是庞大的，它是随着人类社会生产力发展过程不断发展的，自古以来就和生活紧密相连，它对生活有一种超乎现实的美的反映和透过历史的文化回响。我也经常在历史中寻找，我去江南，就常常一边走一边与古人唱和，去绍兴便想起陆游写过的《会稽行》："古诗三千篇,安知阙吴楚。"三千篇?我时常开启寻找那些遗失的先秦逸诗的旅途,使诗歌的流浪儿回到这个家园,使灵魂不要游离和缺位。在这个过程中,我无比幸福。

  后来,我经常枕着运河的涛声在深夜读书,读着读着就会有话想说,又不知向谁说,脑海里便浮现出冼夫人的英雄形象和光辉,更多的是苏东坡或者李清照的句子。我和他们似乎成了知音。比如苏轼的"回首向来萧瑟处,归去,也无风雨也无晴"。受他豁达胸襟的影响,我马上消解了很多忧虑,坦然入睡。有时候会恍惚看到李清照在大雪天的城墙上眺望着,"诗情如夜鹊,三绕未能安",便也寻摸着这样充满神思和乐趣的句子,似乎真的与他们生活在同时代一般,没有任何的距离。所以,长久以来,我是在和他们的对话中度过的,抛开现世的一切现象、苦恼、羁绊,把我的思维放在与他们相同的空间里。我深深地感受到了其中的美妙,不可自拔。这大概也是现代女性处理日常生活和调节心情的一种方式吧。有些人说,我是当代李清照,自是不敢应的,充其量算个知音人吧。故乡的潘汉久先生给了我很大的鼓励,王世珍司令、程宝源老师、何岱新老师等甚至题了"济南有个李清照,济宁有个李子君""一代词人"的墨宝或唱和诗词来激励我,我诚惶诚恐。也有人劝慰我,要我写一些应世的文字,融入红尘俗世中,我也思考过这个问题,我是不是脱离社会了呢?不是的,书中有很多体现。比如我们一起守护孔子母亲祠堂的情景;比如大疫发生,忧思难寐,举国抗疫的情景;比如歌颂我们美丽的时代,美丽的家乡,美丽的山山水水的情景。我想,我是在以古人的心境,古人的题材,写着这个时代向往美好生活的女子的经历、心境和追求,打破了时间和空间的界限。因为，诗词是跨越千年最凝练、美丽、回味无穷的语言，我希望它可以无限延续。所以，我期待大家读到的是一份真、一份美、一份难以割舍的留恋，一份能够传承的希望。一如赵树国先生所期望的，我能够一直坚守下去。我希望让更多的人在历史的长河中，在诗意的生活里，沉淀不可复制的文化精华，受到触动、感染和启发，使灵魂在高于现实的上空响亮地歌唱着。更重要的是，诗词便是生活本身。

在此，特别感谢北京青爱教育基金会的支持。感谢广东五觉斋主郑华星先生提供的宋元珍贵图片和五觉斋藏品及薄浮雕作品图片，感谢广东郑郁葱大姐真诚、无私的帮助。感谢孔孟故里的贤达孙爱民先生、张建鲁先生、乌峰先生、杨义堂先生、潘跃勇先生对本书出版的关怀和支持。尤其是我的几位兄长刘一鹤教授、杨朝明教授、郑庆军先生，他们给了我无比珍贵的指导，丰富了我的人生阅历。也感谢无数帮助过、支持过我的师长、朋友们，这些，都是我诗歌汩汩不息的源泉。然而，在这条路上，我终究还只是个爱好者，愿君怜见，也期待更多的方家批评指正。

李子君

2020年6月8日于任城

宋　佚名　仙女乘鸾图　故宫博物院藏

附 文

  本书的出版尤其要感谢一个人，没有她就没有本书的问世。尼山世界女性论坛于2016年在尼山举办，当时，高述群先生为尼山世界文明论坛常务副秘书长，北京青爱教育基金会理事长张银俊女士为执行主席，作者李子君参与了筹备工作，有幸与一位热心、豪爽、善良、执着的广东嘉宾郑郁葱女士相识。在会议期间，李子君作为组织方主要的工作成员之一，给郑郁葱女士留下了深刻的印象。通过了解，她得知李子君出生于农村，为武术世家，具有侠义思想，又深受儒家文化的浸润，天生聪慧，勤奋努力，尤其在古诗词方面很有造诣。在这个看起来沸腾喧嚣的时代，始终守着一颗静心，坚持原创，用诗词记录生活，歌颂家乡，表达思想，非常难能可贵。在郑郁葱女士看来，李子君应是当代中国杰出的女诗人之一。为了传播中国优秀传统文化，让更多的人了解古诗词的内涵和传统文化的精华，于是，她心中有了一个想法，就是出资帮助李子君出版诗集。所以，才有了《水调歌头——运河女儿词赋集》的问世。鉴于此，有必要向读者朋友们介绍一下这位善良有爱心的嘉宾原广西源安堂药业有限公司副董事长、总经理郑郁葱女士传奇而曲折的人生创业历程。

郑郁葱

从女军医到民营企业家——郑郁葱

（一）从学校到部队成长为一名优秀的军医

郑郁葱，20世纪50年代初出生在一个革命军人的家庭里。1968年3月，还是16岁的女中学生的她就报名参军，成为一名解放军战士。由于表现突出，1969年10月她被部队保送到第一军医大学军医系学习。毕业后，她先后在广西玉林解放军183医院及桂林181医院妇产科工作。在十几年的部队医院工作中，她工作认真负责，医技精湛，对患者服务态度好，多次受到医院和科室的表扬和奖励。

在1979年我国南方边境发生的一场保卫祖国安全的战争中，183医院是收治前线伤病员的后方定点医院之一，当时从前线送来的伤员陆陆续续有1000多人。伤员们为了保卫祖国，不怕流血牺牲，他们勇敢的英雄主义精神感动着郑郁葱，她与广大医护人员一起，认真负责地救治伤病员，使他们很快康复出院。

在部队领导培养和郑郁葱个人的努力下，1973年3月，她加入了中国共产党，成了一名光荣的共产党员和解放军医师。她谨守军人本色和责任，遵守组织纪律，服从组织安排，做好本职工作，将为人民服务的宗旨牢记心中。1986年，她从部队转业到广州市某妇幼保健医院任妇产科主治医师。

（二）人生重大转折，辞职下海

改革开放初期，郑郁葱被广东"珠三角"地区蓬勃发展的市场经济的魄力所深深吸引，那时候成千上万的民营企业如雨后春笋般崛起，打破了旧的思维方式，也打破了旧的计划经济体制，改革开放的春风吹遍了全国各地，也吹动了她的心。她骨子里是一个要强的人，也想在市场经济的大潮流中闯一闯，试一试。当时，她思想斗争了很久，当时离职下海，风险大得很！尽管思想斗争很激烈，但是她求变的欲望更加强烈。她认为人活一世，应该多尝试，去市场经济的大潮里搏击。当时她的爱人也很支持她下海，于是她坚定地走上了这条创业之路。

1988年8月，郑郁葱义无反顾地辞去了二十年的"铁饭碗"，放下身份，从零开始。她先到广东顺德县一家民营企业去打工，从最底层做起。她深知只有先求生存才能再求发展的道理，她在市场经济的大潮中不断实践学习别人的经验和教训，为以后的创业打下坚实基础。

（三）与民营企业合作，在商海中不断摸索创新，开发出新产品改变人生命运

郑郁葱经常参加全国各地的展销会，在会上寻找各种项目、产品

和机会。1989年3月，在广州一次医疗器械的展销会上，她发现了广西桂平县卫生保健厂生产的一种女性"药物卫生巾"产品——是用特制的中草药喷在卫生巾上，可以达到清凉解毒、杀虫止痒的功效。凭着多年的妇产科医师的嗅觉，她认准该产品有潜在的市场前景，同时认识了该厂的厂长莫兆钦，她在该厂当上了一名销售人员。经过一年的努力，她将"药物卫生巾"销到了广东省一百多家大小医院，由于"药物卫生巾"疗效好，深受广大患者欢迎。出于妇产科医师专业的敏感性，当时医院妇科外用洗液以西药为主，没有中草药妇科外用洗液，她脑海里联想到：如果能将现在畅销的"药物卫生巾"上所喷的中草药制剂改变剂型，开发出一种中草药妇科外用洗液，既减少了西药化学洗液对外阴粘膜的刺激，又突出中药的独特功效，同时还有杀菌止痒功效，一定会给广大妇女带来福音的。

1990年春节前，她将开发中草药妇科外用洗液（肤阴洁的前身）项目的想法与莫厂长沟通，莫厂长也看到了开发这个项目的广阔市场前景。她与莫厂长一拍即合，决定开发中草药妇科外用洗液——"肤阴洁"。当时其他股东认为这是天方夜谭的事，认为开发新药是大药企的事，一个大山沟里的小乡镇企业，没技术，没人才，没设备，没资金，简直是白日做梦。但是，郑郁葱心意已决。当时处于改革开放初期，万事待发，谁敢为天下先，谁就拔得市场的头筹。在莫厂长的带领下，全体股东和职工团结一致，迎难而上，依靠广西中医药研究所，研制出科学的"肤阴洁"产品。早期，郑郁葱负责"肤阴洁"的临床实验和推广工作，1990年她在广州中山医科大学第一附属医院、南方医科大学、广东省人民医院等十几家三甲大医院做了2000多例临床病例，经临床实验,"肤阴洁"的有效率达到了98%左右。同年年底,"肤阴洁"洗液通过了广西卫生厅的技术鉴定,为将"肤阴洁"洗液进一步开发成国药准字号药品打下了坚实的基础。1990年,郑郁葱在广州成立了第一家企业省级办事处,并出任省级经理,从开始每年销售几百万件增加到每年销售五六千万件,给企业做出了很大的贡献!1992年,桂平卫生保健厂改为广西源安堂制药厂,她被吸收为药企的股东之一。

十几年来,该公司在当地创建了一座年产值10亿元的现代化GMP规范化的中草药生产基地,固定资产上亿元,流动资金每年6500万元左右,并取得了巨大的经济效益和社会效益。十多年来,该公司完成产值20多亿元,上交税收总共有2多亿元,荣获了"广西模范纳税大户""农业部名牌"等称号,"肤阴洁"系列产品被评为"中国公认名牌"产品,"源安堂"和"肤阴洁"被评为"中国驰名商标"。2006年世界品牌权威评估机构"世界品牌实验室"发布《中国500最具价值品牌》,"源安堂"品牌价值为13.7亿元,名列全国知名品牌第365名。该企业的发展带动了当地其他企业和当地农民的就业。公司积极支持社会公益事业,十几年来企业共投入上千万元的资金做公益和扶贫工作,源安堂药业的宗旨是"堂堂正正造福人类,源远流长安民济世!"

十几年来,公司在莫兆钦董事长的领导下,股东与广大职工团结一致,艰苦奋斗,郑郁葱也与源安堂药企共同成长。她担任过广东省级经理、公司销售经理、副董事长、公司总经理等职务,参加公司的决策工作,同时负责公司的营销管理工作。20世纪90年代初,该公司在全国上百家医院做了上万例"肤阴洁"产品的临床病例验证工作,郑郁葱通过整理各医院的论文,在卫生部专业杂志《中华中西医临床杂志》上专辑刊登发表，为"肤阴洁"批准为国药准字号批文打下基础。同时，她还负责公司的知识产权工作，为侵权打假和"肤阴洁"被国家工商局批准为"驰名商标"等做出了重大贡献。

特别是她任总经理期间，她全面负责公司的经营管理工作，大刀阔斧地进行体制改革，全面整顿销售渠道。2006年全年超额完成销售任务，营业额近1.7亿元，利润率38%，货款100%回笼，因成绩突出，2006年她被评为"广西优秀女企业家"等荣誉称号，同时被《中国妇女》报评为《2006年中国十大经济年度人物》的单项奖——"创业奖"（全国共5名）。

（四）开发儿童早教产品，创业在路上……

2008年，郑郁葱离开了奋斗十九年的广西源安堂药业公司，于2015年成立了"广州童创教育科技有限公司"并任董事长。该公司以自主研发幼儿早期教育产品为主，由幼教专家、大学教授以及平面美术、动漫设计、计算机程序员等各方面专业人才组成，做到了开发、创作、制作、销售"一条龙"。公司的宗旨是"用心打造儿童喜欢的原创课外读物，送给儿童一份知识丰富的精神礼物"。

公司自主研制了《猩猩博士带你游世界》32集儿童动画片，并配有12本点读绘本，内容十分精彩，生动有趣！让孩子们跟着猩猩博士畅游世界，大开眼界，增长知识。同时，还研制了《少儿趣味有声世界地图》，该有声地图有中英文点读配音。该产品整合了大量生动有趣的世界历史、地理、传说等多种内容的男女声配音，知识面广，信息量大，是一个吸引孩子们的生动有趣的知识宝库。以上产品深受孩子们和家长的喜欢，均获国家地理信息局颁发的批准文号，国家广播电视总局颁发的"国家电视动画片制作发行许可证"、国家技术认证中心颁发的电子产品"3C认证",产品通过了出口欧盟的质量最高标准的认证书。同时,公司自主研发的产品有17个注册商标,7个广东省著作权和一个外观包装专利等知识产权证书。

(五)常做公益事业,回报社会

在创业的几十年里,郑郁葱也积攒了一些财富,她心里明白没有党和国家改革开放的好时代、好政策,也没有她和广大人民今天的好日子,她积极参加社会公益和慈善活动,回报社会。1998年武汉特大洪灾时,她组织公司捐献价值100万元的"肤阴洁"药品支援灾区。2006年,她代表公司独家赞助"北京青爱教育基金会"在北京召开启动大会,当时盛况空前,时任全国人大副委员长的许嘉璐先生,全国政协副主席张怀西先生等国家领导人和各界人士参加了大会。如今十六年过去了,北京青爱教育基金会继续发展壮大,特别是对全国青少年艾滋病防治、爱的教育等方面做出了重大的贡献。2016年,该基金会被评为全国十佳慈善机构。

郑郁葱个人支持慈善公益事业的事例不胜枚举,个人捐款给源安堂企业在当地农村修路(多次)10余万元;给原部队桂林181医院五十周年大庆捐现金10万元;2006年代表公司捐给桂林181医院价值40多万元的肤阴洁药品(不算在个人捐款内);给她爱人湖南双峰县洪山镇农村修路捐款8万多元;2010年捐给母校广州八一实验学校119台电脑,教师节及学校大庆时捐款10余万元;同时,还捐赠了价值超过28万元的300套《少儿趣味有声世界地图》产品。

2016年,郑郁葱受邀参加"尼山世界女性论坛",一次性捐赠价值

10万元的公司儿童创新产品。2021年，在尼山参加北京青爱教育基金会尼山母爱专项基金启动大会时，个人又捐助20万元现金。近年来，郑郁葱本人捐助社会慈善公益事业的现金和物品共价值100多万元。

（六）心路感悟

回顾郑郁葱走过的路，她在小学和初中读书时受过良好的教育，1968年参军后，因表现优秀被保送上军医大学，在部队的大熔炉里锻炼成长为一名军医，如果没有在部队锻炼成长的十八年经历，就没有她"下海"创业的决心和胆量。她转业到地方工作后，"下海"创业至今已有三十多年，在市场经济的大海里努力争先，有成功的经验，也有失败的教训。她所在公司开发的"肤阴洁"产品解决了成千上万位女性患者的病痛，取得了巨大的社会效益和经济效益。郑郁葱说："我的命运我做主，人活在世上要为自己、家庭、社会、国家做出贡献，活得才有意义和价值！"

郑郁葱喜欢挑战新的事物和未知的事情，通过学习和努力实践，不断解决问题，把不可能的事变成可能的事，这就是她在创业路上的一点儿感悟。创业路上很累、很苦、很孤独，也有很大的风险，但很充实、很锻炼人、很精彩、很快乐！只有通过自己努力奋斗得来的，才是真正的幸福！

企业家郑郁葱女士